末等魂師

3 玖玖名花有主了?!

銀千羽—著

希月—繪

人物介紹

端木玖

身分：端木家族嫡系九小姐
年紀：美少女般的十五歲
特長：賺錢（打劫）和花錢（買東西）
出場印象：從傻子進化成一個既土豪
又敗家的奇葩美少女
口頭禪：要好好活著

紅髮少年

身分：不明
年紀：不明
特長：不明
出場印象：驚鴻一現，實力莫測的
紅髮美少年
口頭禪：暫無

仲奎一

身分：西岩城武器店老闆
年紀：一百多歲
特長：煉器
出場印象：看守武器店的鬍子大叔
口頭禪：那個阿北家的小姑娘

樓烈

身分：疑似聲名赫赫的煉器師
年紀：不明
特長：吃魚、喝酒、教徒弟
出場印象：黑黑灰灰的浮屍一具
口頭禪：我不是壞人
（內心附註：是帥哥）

北御前

身分：玖父託付之人，來歷神秘
魂階：五星天魂師
武器：黑色長槍
出場印象：外表約三十歲的紫衣帥美男
口頭禪：不能把小玖養歪了

焱

身分：與端木玖靈魂相連的伴生體
年紀：不重要
特長：放火
出場印象：使命必達的忠誠小夥伴
口頭禪：啾！（我最喜歡玖玖！）

紅色小狐狸

身分：魔獸
年紀：不明
特長：自動撲到端木玖身邊
出場印象：疑似魔獸火狐狸的紅毛小狐狸
口頭禪：暫無

端木傲

身分：端木家族嫡系四少爺
特長：找妹妹
出場印象：冷漠正直的男人

葛飛

身分：大地傭兵團少團長
特長：當別人家的小孩，刺激某人
出場印象：來找別人麻煩的

郝無敵

身分：無敵傭兵團少團長
特長：當別人家的小孩，刺激某人
出場印象：特別愛吵架

目錄

第二十二章　一滴血引發的慘案

西星山脈，以東南朝西北走向，劃開天魂大陸。

峰峰相連之間，陡峰、險峰無數。

在整片西星山脈中，又依區域分成幾座主要山脈。

其中橫越中州與西州最近距離，當屬圍繞天塹山脈而成的天塹森林。

整個天塹山脈最有名的地方，就是流域寬廣的渡天河與陡峭得幾乎無人可攀上的天塹山與其所形成的天塹山谷。

雖然這座天塹森林只是西星山脈的一部分，然而包圍的地域範圍卻也廣大得一望無際。

這種廣大的範圍，以一句話來簡單形容就是——

當其中一座山的這一邊吵得天地都要變色了，山的另一邊，還是可以安靜得像在吹晚安曲。

完全互不干擾。

尤其在入夜之後。

夜晚的天塹森林，除了幾絲月光灑落，處處昏暗靜寂。

微風吹來。

只聽見樹上枝葉輕擺。

窸窣聲中，偶爾夾雜著似有若無的腳步聲，輕輕巧巧、隱隱約約。

匆匆而過。

偶爾還可以聽見打鬥聲、爭執聲、獸吼聲。

這類的聲音，在森林裡很平常。

經常將天塹山谷另一端當成冒險者聚集地的人類，同樣也很習慣這樣的氣氛，並沒有特別戒備。

但在月亮升至天空後，整個天塹森林卻漸漸躁動起來。

「嗚……」

「呦……」

「咻……」

「吱吱，吱吱……」

「啾……啾……」

整座天塹森林，充斥各種動物魔獸的叫聲，像是大家約好不睡覺，在這個時候一起發出叫聲一樣。

聲音很多種，所有的叫聲卻全都小小的，很一致，像怕叫得太大聲似的，卻又讓人忽視不得。

幾乎所有在冒險者聚集地的過夜的人全醒了過來，而且第一時間離開帳篷。一出來，就發現大家的動作都一樣。

可見得即使是入睡、有人守夜，但眾人都沒有放任自己太過熟睡，而是保持著警戒。

「怎麼回事？」

「不知道……」負責守夜的魂師回道。

他們並沒有察覺到有任何攻擊——事實上，他們也沒有受到攻擊，只聽見各種魔獸的叫聲。

而且不只是森林裡那些距離他們遠遠近近、看不見長相和種類的魔獸在叫。就連他們特地放出來幫忙警戒的契約魔獸同樣躁動不安著。

「牠們什麼都沒說，只覺得……害怕。」魂師們很納悶。

與魔獸建立契約的魂師，是可以直接和魔獸溝通的。

但是他們從來沒遇過魔獸們什麼都不說，只是傳達懼怕感的這種情況。

只是懼怕，卻沒有危機感。

這讓他們完全不知道該做什麼反應啊！

就在他們疑惑的時候，身邊的魔獸們突然整隻獸氣氛一變！一隻一隻匍匐在地、抖個不停。

這種現象不只出現在冒險者聚集地，而且是整個天塹森林中的魔獸的反應全都一樣！

所有在天塹森林裡、正與魔獸戰鬥的魂師與武師們，全都錯愕地看著這一幕。

他們完全沒見過魔獸抖怕成這樣！

而且還是打到一半就突然趴地抖抖抖。

並且魂師們還發現，連躲在自己契約空間裡的魔獸都在抖、都在怕，根本不敢出來。

而魔獸們不只怕，牠們還幾乎全體朝某一個方向拜倒。

「這是……」

「莫非……」

「……聖獸?!」

「還是……神獸?!」

魔獸只有在遇到血脈等級比自己高的魔獸時，才會打從心底感到懼怕。

這是魔獸們的自然天性，遵從俯首於比自己高等的魔獸，而且愈比自身高等，魔獸們就愈是尊重懼怕。

而能讓魔獸懼怕成這樣的，一定是很高階的魔獸！

「那個方向是……」

「天塹山谷！」

「渡天河那邊！」

「難道是……那隻神獸?!」

「走！」

意識到這一點，所有在天塹森林裡的魂師們、武師們不約而同，都往天塹山谷的方向狂奔而去。

◈

天塹山谷另一端。

峭壁聳立，天河映月。

原本該是靜謐寧馨的畫面，卻在紅髮少年現身時氣氛忽然一沉。

整座山谷宛如被某種看不見的重力所籠罩，壓力瞬間擴散出去，蔓延整座天塹森林。

森林裡所有魔獸們統統抖怕不已。

那種，只有魔獸才最清楚的感覺。

至高、崇拜、害怕、敬畏。

足以讓任何魔獸屈下高傲的頭顱與雙膝，衷心表示臣服。

而其中最抖最怕最敬最畏的，是在紅髮少年面前，被他的眼眸盯視著的大黑蛇。

在那雙紅色瞳芒的注視下，大黑蛇畏縮畏縮再畏縮，原本兇猛昂然、高高舉起的頭顱，不由自主地就是往地下趴垂，恨不得直接貼地！全身貼進水底也沒關係！

但是，牠卻彷彿被什麼壓制得無法自由活動。

畏懼感一直從心裡擴散到全身，抖抖的，連眼睛都不敢往上看。

那是對血脈尊貴者的崇敬與畏懼，烙印在每一隻魔獸的傳承記憶與血脈天性裡。

但是在這個大陸，怎麼會有讓牠這麼懼怕的存在?!

這通常是別的魔獸對牠的感覺！在牠面前做的動作呀！

當然，以前牠也有遇過血脈比牠尊貴的、實力比牠強大的，但那時候牠還小、實力也弱，會輸會怕也是理所當然的。

可當時牠也只是覺得害怕，卻絕對不會怕到像現在這樣抖抖抖抖個不停！

這位……大爺……到底是哪裡冒出來的?!

牠怕！

怕怕怕怕怕！

打從心底不斷畏懼。

這種感覺，完全不符合牠「蛇生」千餘年來的認知！

這位「大爺」到底、到底是……是……

牠抖抖抖……

大黑蛇不知道的是，有這種懼怕感的不只是牠，這一刻，所有在天塹森林裡棲息的魔獸，包括被人類契約的魔獸，只要身在天塹森林，就只有兩種反應——

一種是，全身趴地抖得不像話！

另一種是，直接趴地、趴水底、趴地底，連抬起一下頭都不敢，恨不得把自己藏起來。

共通點是，牠們趴伏與畏懼的方向，全都朝著紅髮少年所在的位置。

而久久沒聽到大黑蛇的回應，只見牠低著頭一直抖抖抖，所以紅髮少年手中的劍並沒有攻擊，只是淡淡發出了一個音。

「嗯？」

僅僅只是一個單音，少年身上散發出的氣勢瞬間強大！

明明只是一名身穿紅色戰鎧的少年，在這一刻，身後卻彷彿燃起熊熊火焰，與戰鎧連成一片，往外延伸。

端木玖沒有感覺到任何氣息，但是在魔獸眼裡，這氣息卻大大不同。

如果剛才只是一倍威壓，那麼現在就是五倍！

五倍啊！

一倍就足夠讓牠不敢抬頭不敢亂動，現在五倍……牠簡直想竄回自己窩，並且把窩再挖深挖深一點，然後躲進去就不要出來見人了！

大黑蛇大大抖了一下，長長的身體瞬間趴得更低，幾乎都要沒入水面了，同時牠也立刻意會這個單音的意思。

再不回應牠就要被砍了啊！

「臣臣、臣臣臣……臣服……服服服服……」大黑蛇那顆黑黑的頭顱垂得更低了，完全不敢動。

不是牠結巴，重複的那都是抖音！

不服不行啊！牠好怕好怕好害怕……

怕得說話都抖瑟個不停。

這位大爺，不要再瞪牠了呀！牠不敢了呀！

一旁的端木玖愣愣地看著他。

紅髮、紅鎧、紅色的炎火長劍……

這造型太讓人難忘了！

是他！

那個話少……不對，是根本沒開過口，只用眼神看過她好幾眼又送兩顆球給她的紅髮少年！

「你……」她開口，胸口又是一痛，不但話說不下去，唇角又再度溢出血跡，全身側伏在地上，幾乎使不出力氣。

真是……痛……

不用診斷，端木玖也知道，她現在狀況很糟糕。

全身痛只是小事，嚴重的是，她全身經脈都在痛，尤其以胸口到腰腹的部分最為疼痛。

更糟糕的是，她的靈力，或者可以說是魂力，一點都沒有了……

體內感覺空空蕩蕩，身體也沒有力氣。

紅髮少年回頭，眉間微蹙，但五官看起來依然精緻俊美得不可思議。

他半蹲在她身前，伸手將幾乎側躺在地上的她扶起來，讓她背靠著自己半蹲的腿坐著。

端木玖臉色蒼白地看著他，唇角卻勾出一抹微弱的笑。

「真糟糕……」她兩次看到他，都在受傷耶！

而且這次比上次更慘。

上次還可以自己走，這次不但傷更重、而且也沒有力氣，只能靠著他。

幸好焱不知道……

紅髮少年看著她，眉間蹙起的皺摺，好像更深了。

「別……皺眉……」她說道，表情卻還在微笑。

他卻看著她的笑，心裡有一股很陌生的感覺，很不舒服、有點生氣。

但是他臉上的表情，卻完全看不出來有不舒服和生氣的樣子。

「別、生氣……」她卻感覺到了。

他驚訝了下，空出一隻手，在手指上逼出一滴血，靠近她唇邊。

她蒼白著臉，疑惑地看著他。

紅髮少年才終於開口——

「吞下它。」

語調不沉、不輕。

語音有著屬於少年的清亮，卻更有著少年所沒有的沉定。

三個字，有如絲絨一般，觸感溫潤，滑溜地滑過耳間。像玉珠輕輕掉下來，叮叮咚咚的很清脆、很好聽。

端木玖有一瞬間的恍然。

紅色的眼瞳，應該是充滿血腥與危險，可是他的眼瞳，卻透澈如琉璃，眼神澄然得不帶任何血腥與危險。

他的眼神，如同他的眼瞳，乾乾淨淨。

就算是紅，也紅得澄淨晶澈，像是這世間最單純的顏色。

她不自覺微微張開口，把送到唇邊的那滴血，含進嘴裡。

血液入口即化，她只覺得身體又痛了一下，讓她皺起了眉。

紅髮少年低身摟住她，輕拍了她兩下，像在安慰她。

端木玖有點想笑，結果下一刻——

他傾前吻住她唇瓣，然後輕輕一咬——

端木玖瞪大眼，痛！

他竟然吻她！

不對！是咬她！

唇好痛，一定流血了。

端木玖瞪瞪瞪他。

他欺負傷患！

啊不對，是她被非禮了！

喂喂，這麼非禮一個受傷的弱女子是你應該做的事嗎?!

她用眼神控訴他。

他的眼神卻連閃動一下都沒有，只有唇角，以她都沒有發現的角度，微微上揚了一點。

少年額頭輕抵著她。

額間相觸，他的聲音，同時在端木玖的腦中響起。

「以吾之血，換汝之血，從此命運相繫，生死不離。汝之名，端木玖；吾名，蒼冥。」

腦海裡聲音一落，在兩人身下，突然發出強烈的火光，瞬間照亮整個夜空。

誰也沒有看見，在濃濃的火光之中，一道契約之印，就此形成。

端木玖只覺得有一道溫暖的力量，瞬間蔓延過她的四肢百骸，撫平了她全身的疼痛。

她訝異地看著他。

紅髮少年稍稍移開兩人之間的距離，眉間似乎又微蹙了一下，圍繞住兩人的火光，這才漸漸消失。

同時，遠處的天邊，似乎隱隱傳來雷鳴聲。

「你?!」她想到剛才在腦海裡的聲音。

才說了一個字，雷聲卻突然變得明顯。

蒼冥扶起她，一手持著劍、一手仍然摟住她。

耳朵聽見四方傳來，由遠處漸漸逼近的各種大大小小的腳步聲，有疾有緩、不斷步過林葉樹叢的聲音。

甚至還有空中飛嘯的聲音。

人。

魔獸。

多。

吵。

接著他又抬起頭，看見空中已然成形的雷電。

因為雷電，空中飛嘯的聲音反而漸漸少了。

但地面上的聲響動靜卻更大了。

端木玖看著天空那股密布的烏雲，漸漸在他們上空形成，心裡有種不妙的預感。

「這個，該不會是想來劈我們吧？」她弱弱地問。

「嗯。」他淡淡一點頭。

「……」要被雷劈了這麼平靜的反應對嗎？

紅髮少年卻回頭看了大黑蛇一眼。

無視天上即將劈下來的天雷，大黑蛇立刻游動龐大的身體，立刻撲過來，頭低低的，語氣一點也沒有面對她時，那種要震人耳膜的響亮，反而恭敬順從得不得了。

「是，大人。」

端木玖滿臉問號。

他剛才有說什麼嗎？

怎麼那條大黑蛇一副「牠一定聽話一定照辦絕不延誤」的語氣？

接著，紅髮少年朝渡天河張開手，渡天河裡突然飛出一個小黑點，被他直接抓在手裡。

之後才微微低頭，看著她，再次開口——

「離開、療傷，契約牠，保護妳。」

「那你……」唔？

紅髮少年突然又吻了她一下，端木玖又瞪大眼。

喂喂，你還吻上癮了——呃——咦咦?!

快速一吻之後，紅髮少年突然消失。

端木玖又是一瞪眼。

本來就幾乎全靠他支撐才站起的身體頓時搖搖欲墜。

大黑蛇的尾巴立刻頂過來，接住端木玖及時撐住！

大黑蛇心中大大鬆了一口氣。

如果沒接到、讓未來主人摔到了，那位大人一定不會放過牠的呀！那牠的蛇生一定會很悲慘、很悲慘。

「大黑蛇？」

幾分鐘之前還追殺得她差點死掉，現在一副緊張兮兮就怕她受傷的模樣，這待遇實在轉變太快了！

大黑蛇卻沒敢遲疑，以尾巴將端木玖移到自己頭上。

端木玖才坐好，不知道何時早就等在那裡的小狐狸就跳到她懷裡。

「主人，請坐穩。」大黑蛇說完，巨大的蛇身頓時往上飛，快速竄入雲間，轉瞬消失了蹤影。

◈

天塹山頂的石洞裡。

一條大黑蛇蜷著龐大的身體，窩在洞口。

大大的頭顱半抬著，一直望著洞裡頭正昏迷的人。

時而看一眼，時而又飄移著別開，然後縮縮身體，又好像想到什麼似的，趕緊挪回眼神，注意著昏迷的人，但看著看著又別開……

頎長而龐大的身體，一圈一圈地盤縮著，小心翼翼。

這一副就是心虛虛的、想走不敢走、也不敢不注意看護的模樣，看起來真有點委屈。

不過想到自己斷掉的角——蛇尾突然抬高，摸了摸自己的頭上。

大黑蛇哀怨……

但是一看到窩在昏迷的人身邊那隻嬌小得不得了的紅色小狐狸，再加上小狐狸不經意的一瞥眼——

牠立刻收起所有的哀怨樣，乖乖待在洞口，寸地不挪。

就這麼認真守著。

儘管沒有人會爬上天塹山……呃，主人除外。但牠仍然不敢輕忽。

天塹山高聳入雲端，常年雲霧繚繞。

在夜裡，山頂顯得特別黑暗。

然而天一旦亮了，卻也比任何地方都明亮。而且天亮的時間，也比任何地方都早。

在天空露出光亮的那一刻，在平地上，還只看見天邊晦暗的一道光芒時，整座被雲霧繚繞的山頂已經亮如白晝。

山洞裡，昏迷了整夜的人，也終於動了下，緩緩張開眼。

一旁的小狐狸立刻跳到她身邊，看著她睜開眼。

「小狐狸……呃！」一張眼，看到很熟悉的狐狸頭，她下意識低喃了聲，然後頓住。

昏迷前的記憶全數回籠！

然後一顆大大的黑色頭顱也探過來。

「主人，妳終於醒了！」語氣非常之雀躍。

「……」這語氣裡的那種「真是太好了多謝老天爺有保佑」的慶幸感是怎麼回事？

難道魔獸也信奉老天爺？

還有……

「你叫我什麼？」她問。

「主人。」立刻回應。

「……我們有認主……不對，是契約嗎？」

「現在可以馬上契約。」一副迫不及待的語氣。

她：「……」

不是聽說——魔獸很高傲的嗎？

不是聽說——魔獸不會心甘情願跟人類契約的嗎？

不是聽說——魔獸只信奉實力，實力不如牠們的人，牠們是寧死都看不上的嗎？

怎麼這隻好像一副……求之不得的模樣？
「主人，我們開始吧！」
牠一副「快契約快契約」的表情，看得她又是一陣無語。
「你先等等。」一件一件來。
「哦。」大黑蛇乖乖退開一點，但是神情相當之落寞。
她坐起身，看到大黑蛇這副表情，內心又是一陣囧。
這副被拋棄的可憐樣又是怎麼回事？
算了。果斷轉頭，先看小狐狸。
「小狐狸，我們需要溝通一下。」她伸手就把小狐狸抱到自己面前，兩眼對兩眼。
「溝通？」
在她的腦子裡，突然出現這兩個字。
她還愣了一下。
「小狐狸？」
「蒼冥。」
「……」這是順便在糾正她的稱呼？
「小狐狸。」不管，她就要叫這一個。
小狐狸看了她一眼。
這稱呼，完全不配牠。

牠是狐，卻不是小狐狸。

牠應該生氣的，卻不太有生氣的感覺。

只覺得，隨她了。

她喚的，可以隨她。

「……」總覺得，自己好像做了一件無理取鬧的事，而且被一隻小狐狸包容了……

這什麼詭異的感覺？

還有，她的身體……

「我的傷怎麼好了？」

那麼重的傷，不會因為她睡一覺就自動好了。

「我的血，不會那麼沒用。」

清冷的語氣，清脆的聲音，明明沒有特別狂妄的語調，偏偏聽起來就是讓人覺得自大無比。

卻又自大得那麼理所當然。

像是牠生來就該是那個樣子。

人類有一句形容是：真正的尊貴，無須言語、無須排場，而是一言一行中，就自然地彰顯。

小狐狸……很高貴？

雖然被她抱著的小狐狸怎麼都看不出高貴，但是那個紅髮少年……卻真的看起來就是有種難以言喻的尊貴氣質……

魔獸也有貴族……等等。

……血脈！

如果人類因身分地位把人分為三六九等，那麼魔獸之中，一定就是以血脈定尊卑！

小狐狸的眼神動了一下。

自己想通，很好。

端木玖完全不知道自己被小狐狸讚賞了一下，只想到牠的話——

「你的血，可以療傷？」

「可以。」

「任何傷，都可以？」

「可以。」

好珍貴的血！

可以相比傳說中吃了可以長生不老的唐僧了。

小狐狸幽幽看她一眼。

「給妳血，不是為療傷。」

那是次要的。

「那是為什麼？」

「契約。」

「契約？那就是契約？」她有點懷疑。「怎麼跟我聽過的契約不太一樣？」

「不要拿低等的主僕契約，跟我定的契約相比。」

「契約還有高等和低等？」她好奇。

「人類與魔獸之間的契約，一般分為三種，等級由低到高，分別是：主僕契約、平等契約、本命契約。」

主僕契約，具有強制性。僕方必遵主方之意，主方死，身為僕的一方也必然身殞；但反之，僕方殞，對主之一方沒有影響。

平等契約，半強制性。沒有主、僕之分，雙方對等，任一方死亡，都不會影響到另一方；但立契約雙方，不得傷害彼此。

本命契約，絕對強制性。契約雙方互信互賴、相輔相成，一方死、另一方必然也亡。

以信任度而言，本命契約最高，主僕契約次之，平等契約最弱。

這個她知道，北叔叔提過，只是沒有像他解釋得這麼完整。

她長知識了。

「那你定的契約是哪一種？」總覺得，都不符合以上三種……

「伴侶契約。」

「……」伴侶契約是個什麼鬼？

沒聽過！

跟他解釋過的三種完全不一樣。

「伴侶契約，是以我的血與妳的血交換而締結的契約。現在，只是認定。」

牠能以意識和她交流，就是這道契約的基本功能。

「什麼意思？」

「我認定妳，妳也要認定我。」

「……」可以說人話……好吧，要求一隻小狐狸說人話，好像有點強「狐」所難……

「玖玖。」

「啊？」突然被叫名字，她覺得……怪怪的。

「妳知道嗎？血，是不能隨便給人的。」

「哦。」那跟現在說的有什麼關……等等，血？

「妳喝了我的血。」

「然後？」

「接受了血，妳就是我的了。」

「……就因為一滴血？」這契約就成了?!

「沒錯！」

牠很理所當然的語氣。

她默默的，沉默了下。

「……」還兩滴給你好嗎？我不要賣身啊！

果然，人不能無知，一無知就出事！

而且是大事！

「來不及了。」

「啊？」這次是真茫然。

「而且，妳不用還血。」

「……」還是茫然。

「因為我已經自己拿了。」

「……」驀然想到那個吻——不對，是那個「咬」。

想到自己被吻掉……不對，是「咬」掉的初吻，她可以、暴力一下嗎？

而且……「還」。

她想到自己剛才想的「還兩滴」的想法，忍不住想敲自己的頭。

一滴就把自己賣了，在這裡兩滴就變成賣兩次了啊！她怎麼會有這麼笨的想法啊啊啊！

生平覺得自己沒有笨過的端木玖，非常懊惱自己一時腦抽的想法，簡直有辱她一生「英名」。

「像生氣，又不像真的生氣……」

小狐狸響在她腦海裡的聲音，滿滿是不解。

「生氣就生氣，為什麼是有點生氣、又有點不像生氣呢？」

小狐狸繼續疑惑。

她愣了一下，同樣很狐疑地看著牠，心裡有一個不太美妙的猜測。

「你在說什麼？」很冷靜地問。

「妳。」

「……說明白一點。」

「妳剛才在生氣，又沒有生氣了。」

很直白。

別人可能很難懂。

但是她聽懂了！

「你……知道我在想什麼?!」

「嗯。」

竟然理所當然地點頭了！

「……」她再次無語了。

她、很、生、氣。

但是看著牠，不知道為什麼，卻有點氣不太起來。

可是這麼放過牠，實在有點不甘願……乾脆把牠放在自己腿上，然後把牠身上的毛亂揉一通。

小狐狸紅紅亮亮絲絲滑滑的皮毛，頓時變得亂蓬蓬。

小狐狸看著她。

明明看不出表情的狐狸臉，現在卻讓人覺得有點哀怨、有點不解。

彷彿在問：「妳在做什麼？」「為什麼揉毛？」

端木玖忍不住，噗一聲笑出來。

「誰教你惹我生氣。」這是懲罰。

「……」小狐狸的表情更不解了。

牠，惹她生氣？

有嗎？

「你不能隨便亂知道我在想什麼，那是隱私，不能隨便給人知道。」她教育牠，一邊想著：不知道魔獸懂不懂「隱私權」這個詞……

「沒有隨便亂知道。」

牠的語氣，很嚴肅正經。

「嗯？」她一時沒聽懂。

「伴侶，知道，應該的。」

這句話她聽懂了，然後瞪著牠。

「我沒答應。」

「我認定了。」

端木玖想仰天長嘯。

「你認定，但是我沒有。」

「妳現在認定。」

「不要。」

「為什麼？」

「……你知道伴侶是什麼意思嗎？」

「一輩子到死都陪著，不會離開的人。」

端木玖愣了下。

這一輩子……到死都陪著……不會離開……

不是什麼愛你一生一世、生死相許之類，而是到死，都陪著……

忽然，她想到上一輩子，一個人策劃報仇，雖然有焱陪著，但最後，她還是一個人赴死、留下焱一個……

雖然後來她和焱都到這裡來了，但這卻是她想都沒想過的結果。

「為什麼？」

為什麼選擇她？

端木玖知道，不能把上輩子那種動物的概念放到魔獸身上，魔獸也有智慧、能修練，跟人類最大的差別，只在於外型。

在這裡，人類和魔獸同等，只是種族不同而已。

所以就算被一隻狐狸……認作伴侶了，也不用……太大驚小怪。

端木玖覺得自己真是太鎮定了，連遇到這種挑戰她前世三觀的狀況，也沒有被嚇到胡言亂語，還能很冷靜、理智地分析。

唔……還是她已經驚過頭，就驚不起來了？

才想著，端木玖就覺得手指痛了下。

一回神，就看見某團紅毛咬住了她的手。

這個咬，沒咬破手傷到她，只是有點痛，讓她不得不注意的程度。

「你咬上癮啦？」她瞪著牠。

「妳發呆。」

定罪。

「因為我發呆，就咬我？」她哭笑不得。

「嗯。」

嗯得很理直氣壯。

「……」總覺得，繼「熊石頭」之後，她身邊的「熊狐狸」也出現了。

雖然小狐狸以前就很不能溝通，但那是因為……她不懂狐狸語，確實是不能溝通啊。

但是現在牠明明能說話，為什麼她還是覺得——溝通不良啊？

「認定。」

小狐狸沒有因為話題轉到別的地方去就忘了重要的事，現在立刻就把話題再轉回去。

端木玖看著牠，皺皺鼻尖。

「不要。」

「為……什麼？」

牠不滿，有點……受傷？

「我……要考慮考慮。」本來是拒絕的，她臨時改了口。

可是一說完，端木玖又皺皺鼻尖。

她居然不忍心拒絕牠耶！這樣對嗎？

「考慮什麼？」

牠不解。

身為魔獸，相中了，就直接下手，非常直截了當。

考慮什麼的，根本不必。

為什麼她要考慮？

端木玖感覺到牠的想法了，頓時有點胃疼。

魔獸……大概是行動在想法之前，所以行事乾脆俐落不拐彎。

這個，平常她會覺得是優點，但是現在——身為被「逼婚」的人，她只覺得天雷滾滾。

「我要找伴侶，除了要一直陪著我之外，還有一點很重要，就是——我喜歡他。那才可以。」

「喜歡，那是什麼？」

非常認真的語氣，直接反問。

「就是……你會想常常看到某個人，跟他在一起就會覺得很開心，覺得他最好，除了他之外再好的人都不要。」這解釋，真是耗費腦細胞。

「嗯，我喜歡妳。」

「……」不要應得這麼順趁亂表白啊喂！

「妳也要喜歡我。」

說完，在她還沒有反應時，就再加一句強調——

「只可以喜歡我。」

「……」牠不會以為這種事是可以規定的吧？

「就這麼決定！」

牠跳到一旁。

「梳洗，吃早餐。」

這是她每天都要做的事，牠記得。

「這話題會不會跳太快了？」從表白到吃早餐，還一副很自然的樣子。她突然嚴重懷疑自己是不是受傷昏頭了，竟然在跟小狐狸討論「喜歡」這種深奧的問題。

嗯，她一定傷到昏頭了。

小狐狸抬起頭，本來要說什麼，但卻忽然狐眼一轉，看向外面！

警戒！

「怎……」她才開口，就感覺到洞外的某種波動。

窩在洞口的大黑蛇也早已經抬起頭，一雙眼冷冷地盯著外面。

端木玖立刻起身走到洞口，小狐狸跳到她肩上。

一看出洞外——卻什麼也沒有。

除了一片被大黑蛇「走」出來的石土地路，以及路兩旁的幾叢樹坳，什麼都沒看見。

但就因為看不見，洞口的一人兩獸才更警戒。

因為看不見，不代表沒有。

但感覺，不可能他們一人兩獸同時出錯！

要知道，獸類可是最敏感的，尤其當自己的地盤被闖入時，魔獸的反應會更加激烈。

大黑蛇身體一動，就要出去。

「等等。」端木玖阻止。

但小狐狸已經衝出去了，直對某個方位。

一爪揮過！

火焰射出！

「咦！」

形未現，聲先有。

小狐狸再躍回端木玖肩上。

被火焰射過的方位，卻漸漸顯露出一道身影。

大黑蛇的頭微微向前，準備一伸過去，就把對方直接吞肚！

端木玖卻瞪著那個身影，然後……

「噗！」

第二十三章　為了收徒，師父也是拚了

就在一片晨光燦爛中，一道黑黑灰灰的身影，憑空緩緩露出身形。

那是一個人。

個子很高。

造型也非常特別，而且是端木玖非常眼熟的造型，絕對不會認錯的那種。

頭髮以下是衣服，但是頭髮以上，黑黑灰灰，只看到一顆蛋圓形的頭。

這是正面還是背後？

蛋圓形的頭歪了一下，兩顆眼睛從黑黑灰灰的髮縫間露了出來。

最奇特的是，這個人身上本來就黑黑灰灰的衣服，被燒掉了三分之一，露出光裸的臂膀，披散的頭髮也被燒捲，看起來更加黑黑灰灰，一整個剛從火場裡逃出來的模樣。

這次造型真是……難民得不能再難民了！

玖玖再次噴笑了。

但是想到上回遇到這個黑灰人的情景……她努力忍住笑。

「小狐狸，我好像不應該笑。」

小狐狸偏著頭，看她。

這次小狐狸明明沒有回音，但她就是看懂了小狐狸的表情。

這就是在反問「為什麼」呀。

「大叔被火燒到了，我還一直笑，好像很沒同情心。」努力表達出很同情的語氣。

是嗎？小狐狸不覺得。

那個黑乎乎的人一聽，立刻撥開蓋住五官的凌亂長髮，露出一張——留著灰鬍子、被火燒過之後更黑、更看不清五官的臉。

「妳總算有點良心。」不枉他爬那麼高的山壁上來的勞累啊。

「不是良心，是有一點點同情心。」她真的用很同情的眼神看著他。

「同情我嗎？」這還是他第一次被人這麼當面說同情，感覺——真新鮮。

「嗯。」玖玖點點頭，很實際地說：「上回遇到你，大叔就像塊浮屍從河面漂過來，這次遇到你，大叔是被火燒著冒出來的，這麼水裡來、火裡跳的，大叔，你真……辛苦。」

其實，她更想說的是：「命苦」。

黑乎乎的大叔：「……」

這真的是同情嗎？

雖然她很努力把語氣變得有同情心，但不要以為這樣就真的很善良了，她分明還在偷笑！

「妳想笑就笑吧。」算了，他是大、人，自然要有大——肚量。就不跟她計較了。

「嗯……噗！」哈哈哈哈。

端木玖真的不客氣就再笑一遍。

他黑線。

雖然是決定給她大肚不計較，但聽到笑聲還是很心塞。

即將成為他小徒弟的小女娃兒，真是——太不貼心了！

「哈哈哈……咳！嗯。嗯。嗯嗯，好了，我笑完了。」扳正表情，再深吸口氣，努力不笑了。

黑乎乎的男人再看了她一眼，都決定要大肚量了，就不計較她笑聲忍住、笑意沒忍住的表情了。

他轉頭去看那條一顆頭就頂得過他身高的大黑蛇。

「九星聖獸?!」而且，是已經長出角的聖獸，牠已經不算是蛇，要稱之為「蛟」了。

大黑蛇謹慎地看了他一眼，並沒有立刻攻擊他。

這個男人的實力，牠看不出來，但是感覺有一點危險。

牠要守好主人，不能違背那位「大爺」的交代。

「九星聖獸？」端木玖也抬頭看向黑蛇，一臉讚嘆。

原來大黑蛇等級這麼高啊！

根據北叔叔告訴她的獸類等級，凡獸不算，由低至高是：魔獸、聖獸、神獸。每一等的魔獸和人類的修階相同，分為九星。

一星最低，九星最高。

九星聖獸，那是接近神獸的存在了呀！

怪不得一開始的時候，大黑蛇傲氣烘烘的，看到有人闖進自己的地盤，不由分說就開咬。

嗯……聖獸的皮呀角呀肉什麼的，應該比魔獸值錢很多吧？

大黑蛇突然莫名渾身一冷。

連忙低頭看著主人。

「主人，我很乖。」

牠沒看懂主人的眼神，只直覺，要乖！

「噗！」端木玖一聽，沒繃住內心正在算金幣的表情，笑了出來。「好，你很乖。」

「我以後也會很乖。」大黑蛇繼續說道。

「好。」

大黑蛇這才覺得安心了一點，繼續盯視黑乎乎的外來者，嘴邊牙光一閃。

黑乎乎的人：「……」

你剛才討好賣乖的表情，跟現在露牙威脅的表情，會不會也差太多了！

你家主人都還沒威脅我呢！

「大黑，等等。」她拍拍牠的身體，示意牠不要攻擊。

大黑？大黑?!

大黑蛇回過頭來看著自己的主人，眼神哀怨。

「我……我不叫大黑。」小小聲。

糾正一下稱呼，表明自己的名字，「大爺」應該是不會生氣的吧。

「那你叫什麼名字？」

「黑……」大黑蛇想了想。「主人，幫我取個好聽的名字。」

「大黑很好。」黑乎乎的大叔很正經嚴肅地說。

「不好！」對主人要輕聲細語，對別人嘛……可以再吼大聲一點沒關係。

而且大黑蛇還把音波控制好範圍，只吼向黑乎乎的人，沒有嚇到主人。

黑乎乎的大叔被大黑蛇的吼聲震了下，一瞬間有點失聰。

「我是你家主人的師父。」你吼那麼大聲簡直大逆不道。

「主人還沒有拜師。」不要以為牠是魔獸就聽不懂他們在說什麼，這是瞧不起魔獸的智商嗎，哼哼。

黑乎乎的大叔立刻轉頭——

「小徒弟，現在來拜師。」他嚴肅地說。

「……」站在這裡果然是不對的，立刻中槍了。

「大前天妳提的條件，妳不會就忘了吧？」就算忘了，還是要照辦！他爬個山壁可是爬得很辛苦的！

可憐他這把年紀，折騰這把不時犯病的老骨頭，真的很辛苦哪。

而且找她找兩天多，也很辛苦！

「沒忘。我只是想說，大叔，你真認真。」

大叔立刻高興了。

「這是為師的優點。」妳可以繼續發掘。

「而且很勤勞。」

「那當然。」要當人師父，不能懶啊！幸好某兩個被師父「不明拋棄」的徒弟不知道他現在在想的這句話，不然可能集體糊他一臉水！

看他自得的神情，端木玖在心裡默默再加上一句：還有厚臉皮。

不過，她對大叔的觀感不錯，而且她說的那種條件要求，大叔也沒有反對，要拜師也不是不可以。

「大叔，要收徒，要有誠意一點吧？」

「我千里迢……」看到她的表情，大叔的形容突然頓住。

千里迢……迢？

端木玖一臉懷疑地看著他。她根本沒有跑超過千里好嗎？大叔說話不誠實。

好吧，好像沒有千里，大叔立刻決定換詞。

「我不眠不休地來找妳，還不夠誠意？」這次說對了吧！

端木玖想了想，點點頭。

「大叔很有誠意。不過大叔，你一直跟著我嗎？」

「沒有。」他也沒有隱瞞，就直說了。

跟她跑給那幾個世家子弟追的那次不同，這次在她帶著小狐狸離開後，他是真的不知道她往哪裡去了。

「那大叔是怎麼找到我的？」

「猜的。」大叔笑著回道──但是天知道那張黑乎乎的臉根本讓人看不出來他在笑。

「猜？」她更好奇了。

「昨天晚上，整個天塹森林差點暴動……」大叔開始解釋。

在魔獸的異常之後，全森林裡的魂師、武師們一窩蜂往這座山崖底下衝，然後在渡天河旁全部撞在一起。

結果，他們什麼都沒看到，只有魔獸隱隱感覺到一股蛇類魔獸的氣息。

但是在周圍與渡天河底，都沒看見有蛇的痕跡──雖然河底有幾隻，但是那些凡蛇和低等蛇獸完全不是他們要找的蛇好嗎？

但是現場的氣息實在太濃鬱了。

在河底和周圍找不到，自然就有人試著想爬上山壁，結果最高的只爬到一半，不管是自己爬到空中、還是借助魔獸往上飛的，就紛紛被上方傳來的威壓給逼迫得透不過氣，紛紛放棄，回到地面上。

能夠來到天塹森林的人，其中也不乏天階、甚至聖階高手。

但是在看到一名七星天階師鎧化魔獸努力爬山壁三分之二的高度，卻硬生生從上面掉下來、摔進河裡的畫面後，眾家高手就很三思。

爬不上山崖，沒什麼。

但是如果爬到一半直接從上面摔下來，就太丟臉了！任何一個天階高手都不想在自己的人生中留下這種黑歷史。

再加上到場的魂師勢力複雜，雖然推測引起魔獸們暴動的「可能是神獸的蛇獸」，牠應該在山崖上，但是從來沒聽說有人真能爬上天塹山頂。

再者，就算爬上山頂了，面對神獸的危險性，也讓所有人不得不多考慮一點……

最後，大家對神獸的存在更加確定，但是也更加沒把握，在想盡辦法也爬不上山崖後，各方勢力陸續開始離開山崖，準備回營地，順便各自考慮要不要傳訊回家族（傭兵團）請求支援……

那麼熱鬧的場面，他當然也暗中跟來了，特別觀察很久。

「……要不是他們擋路那麼久，我早就上來了。」說完，大叔還是要抱怨一下。

那些做事顧前顧後又婆婆媽媽的人，他非常不欣賞。

端木玖則是聽得一陣傻眼，然後低頭看小狐狸。

別人不知道，但她可是親眼看到了某人出現、大黑蛇嚇趴的模樣。

所以那陣暴動——其實不是因為大黑蛇，而是因為小狐狸吧！

大黑蛇根本是被小狐狸的現身給嚇得半死，還要哆哆嗦嗦服從命令。

只是她沒想到，小狐狸現身竟然還引來其他魔獸的恐慌，讓天塹森林裡的人都追來了。

幸好大黑蛇帶著他們跑得快，不然她肯定有麻煩。

「就因為大家猜黑蛇在山頂，所以大叔你就來了？」端木玖倒是不懷疑大叔能爬得上來。

事實上，聽大叔說那些人爬不上來、還從半空中掉下去，她才驚訝哩！

這座山崖雖然高聳又陡峭，崖壁光禿禿的很難爬，但也沒有那麼難爬吧！

「所以，妳知道為師的我有多辛苦了吧？」他真沒收過這麼難收的徒弟。

奇怪的是，這麼難收他居然還一點都沒有不高興，覺得一定要收！

他絕對不承認自己眼光有問題。

只是覺得——咳，這是直覺，是上天注定。

身為修練者當然要順應自己的直覺、順應天意，所以這個徒弟，一定要收！

「嗯，知道了。」端木玖點點頭。

「很好，那拜師吧！」大叔端正好站姿，很仙風道骨的高人樣——雖然配上看不清楚五官的黑臉和全身黑黑灰灰的衣服外加一頭半捲毛，這種造型壓根兒跟「仙風道骨」四個字扯不上關係。

「在拜師之前，大叔的真面目？」端木玖笑咪咪地說。

「嘎？」還在撥頭髮，考慮該怎麼把鬢邊這些捲毛給弄直的大叔動作一頓，難得出現呆樣。

「要拜師，至少應該知道師父長的模樣吧？總不能有人問我師父是誰的時候，我只能回答『黑乎乎的人』、『浮屍』、『捲毛』之類的……」這種說法別人根本也搞不清楚誰，搞不好還認為她在耍人。

真是天地良心，她哪會那麼閒。

要是別人不自己主動找上門，她是沒閒工夫去耍人的。

大叔則是一臉無語地看著她。

「妳就不能形容得好聽點兒？」還「浮屍」！

還沒拜師就開始咒師父了，真是太不肖了。

「可是，北叔叔教我做人要老實……」她無辜又委屈的表情。

大叔：「……」

難道沒有人教過她有時候就算是實話也是不能說出來的嗎？

「還有名字。」她小小聲地提醒。

「什麼名字？」

「你的名字。」

「我說過了。」他瞪著她。

「沒記住。」她萬分無辜地回道。

「……」他現在不想收徒了，想揍人！

眼看大叔要暴走了，端木玖卻突然對他行了個禮——

「師父在上，請受端木玖一拜。」

「……」嘎？

這畫風轉變太快，他一時適應不良。

他這是被、小徒弟捉弄了一下吧！

她笑咪咪的。

當人師父的要大肚喔！

他，也就笑了，虛扶起自家小徒弟。

大——肚量的把適應不良先丟一邊，收徒的目的擺中間。

他看中的——難搞的小ㄚ頭，總算變成他的小徒弟了——等等，她有這麼老實嗎？

他才懷疑著，就見她伸出手——

「師父，收徒禮。」

「……收徒禮？」

「當人師父的，要給徒弟的見面禮物啊。」理直氣壯。

大叔：「……」

心裡充滿了各種黑線各種無語兼各種懷疑。

自己的眼光是不是真的出了問題，不然為什麼被捉弄了被敲詐了還是覺得很滿足？

雖然是這麼想，但他還是拿出了一樣物品，放到她手裡。

「戒指？」端木玖好奇地看著手上暗灰色的戒指。

「戴上。滴血認主，輸入魂力。」大叔說道。

端木玖照做。

一認主，端木玖就自然明白了戒指的作用。戒指自動縮成指圍的大小，貼合在端木玖的左手食指上。

這是一枚三星魂器！

依北叔叔說過的魂器稀有程度，這戒指在天魂大陸上，可以稱得上稀世珍寶！拍賣出去的金額可以讓人一輩子吃穿不愁過土豪生活！

三星，代表三個功能。

一是匿息、二是隱身、三是感應。

簡單來說，這枚戒指的主要功能，就是讓一個人完全隱藏，就連魔獸都感覺不到。

端木玖頓時有點糾結。

「師父，這個戒指……」總覺得這功能，跟「稀世珍寶」四個字，距離好遙遠啊。

「嫌棄？」大叔雙手環胸。

雖然黑乎乎的臉看不出什麼表情，不過端木玖看到他的眉毛挑高了。

「不是，只是……師父為什麼送我這樣的戒指？」

「妳認為呢？」

嗯……她深思的表情，想到了！

「當小偷。」

大叔：「……」

妳想了半天就給我這種答案?!

「妳覺得，為師看起來像做盜賊這一行？」臉上黑灰牙齒白白，師父皮笑肉不笑。

「嗯……」再深思。然後點點頭：「像！」

「……」他確定，他真的不想收徒弟了，想、揍、人！

「師父，你不能有職業歧視啊。」看著師父更黑的臉，端木玖抱著小狐狸連忙後退一步站定，至少讓師父的手臂揍出來的時候打不到她，然後才很語重心長地說道。

「職業歧視？」

啊！不小心說太溜了，把前世的話帶過來。

趕緊解釋——

「就是……你不能歧視任何一個行業的人。魂師是一行、煉器師是一行，普通人開店是一行、賣吃的也是一行……總之，世上有千千百百種行業，當小偷、當賊的，當然也是一行啊。」總覺得這個解釋真是弱斃了！

但是黑乎乎的師父聽了，內心很微妙。

煉器師可是這個世界上最強大稀有到去到哪裡都被供起來的高貴人物啊，把煉器師和賣吃喝的放在一起說，突然間變得和普通人同等級，他要不要先跟徒弟算一下自己被貶低了的帳？

「不過除了當盜賊之外，有這個戒指，用來偷襲別人也很不錯呢！」摸著戒指，端木玖有點喜孜孜地說道。

大叔瞪她。

除了當賊就是偷襲，還能不能有點出息?!

不過順著她的手勢往下看，他這才發現，認主後，原本暗灰色的戒指同時變樣，變成一只黑色的戒指。

大叔眼神閃動了下。

雖然認主後魂器的樣式會隨著主人的魂力有所改變，但能改變魂器顏色的魂力，只有一種，難道……

「師父，『感應』是什麼功用？」端木玖好奇地問。

三星魂器的前兩個功能都好理解，最後一種，就讓她不太明白了。

「讓妳認親用的。」

「認親？」呃，難不成戴著這戒指，可以知道對面的人是不是我的親人……

「不准亂想。」一看她的表情，黑乎乎的師父終於反應靈敏了一回，抬手想敲徒弟的頭，免得她又說出讓他想揍人的話。

但是他還沒敲下去，一陣冷意就先襲上心頭。

大叔一凜，眼神一低，就對上一雙澈如紅晶的眼瞳。

火狐狸——不對，一隻像火狐狸的奇怪狐獸……

牠的眼神，竟然能讓他感覺到一絲危險，看來，牠真的很不簡單哪！

能夠讓他感到危險的魔獸，應該不多，狐狸類……

「師父。」

「嗯？」

「戒指的功能，你還沒說完。」就算想看小狐狸，至少也要把問題答完，要看再看啊！

小狐狸立刻轉頭看向她，抗議——

誰要看這個黑灰灰！

端木玖忍笑，輕輕安撫牠。

被順毛的小狐狸這才趴回她懷裡。

大叔摸摸下巴，一臉深思。

「小徒弟，我怎麼覺得，妳養一隻魔獸，比養兒子還貼心？」

瞧瞧這隻本來很兇狠看他的狐狸，因為小徒弟的順毛，就乖乖趴回去了，連本來全身豎起來到要刺人的毛，都在一瞬間變回服貼柔軟，就連眼神也從銳利變回慵懶。

完全沒有一隻身為高等血脈魔獸應有的霸氣。

那，牠應該不是他想的那種魔獸……吧。

「師父，小狐狸和兒子，不能放在一起相比較的。」端木玖及時多拍了兩下，不然小狐狸又要跳起來給師父一爪了。

「但是妳對牠很好。」這是事實。

「牠對我也很好啊。」端木玖順口答道，一時心血來潮，把小狐狸頭上的毛亂揉一通，讓小狐狸的形象因為頭上撲鬆鬆的毛，從高貴傲嬌的小狐狸，變成一隻萌純的小狐狸。

小狐狸也沒理她，就繼續趴在她懷裡，隨便她揉。

伴侶……縱容一點，沒關係的。

牠暗暗點頭，覺得自己能想到這一點，又進步了。

「不過……師父，你知道養兒子是什麼感覺嗎？」

「那當然。」

「是什麼感覺？」

「半夜睡不好覺、不能打不能罵不能講理不能溝通不能威脅只能哄、不分地點的白天被吵晚上被吵、日陪夜陪煮粥泡奶洗衣服擦屁股陪吃陪睡……」簡直一肚子辛酸淚。

「師父，真是辛苦你了。」端木玖一臉同情。

「唉，真的很辛苦啊。」辛苦得不太想再回想，只覺得自己當時怎麼會撿個娃娃回去養？一定是腦抽了。

雖然沒養過小孩，但是端木玖聽過看過別人養啊！

依照師父的說法，這養的一定是嬰兒或者幼兒。

這種時候的小孩，沒有自理能力，完全只能由大人侍候。看師父那麼「不堪回首」的表情，這養小孩一定也是師父的黑歷史。

「師父，你養了幾個？」

「一個就很多了。」還幾個?!

黑乎乎的師父忍不住給了她一對白眼。

讓端木玖眼睛眨了眨。

她竟然看到師父黑乎乎的臉上最明顯的表情了，白眼，真是太不容易了。

不過——

「師父，你……為什麼要讓自己黑乎乎的？」

「在森林裡跑，還要不時捕獵，不用太乾淨。」他很正常地說。

有這麼懶的?!端木玖不太相信。

「師父，你該不會……是不想被認出來，才故意把自己弄得這麼……黑乎乎的吧?」

「……」小徒弟怎麼猜到了?!這不合理！他什麼都沒有說！

「師父，你該不會是做了什麼壞事怕被人找到，才……」

「妳就不能想好一點的理由嗎?!」到底把師父想得多猥瑣？「為師的就不能喜歡清靜，不想被人找到被人吵，才這樣的嗎！」

說完，師父再度白她一眼。

「好吧，師父說了算。」她點點頭，一副「師父說什麼就是什麼」的表情。

「……」小徒弟不反駁了很好，但這感覺怎麼就這麼憋屈呢？

「師父，戒指？」她搖了搖手指。

還沒解釋完哪！

「在妳之前，為師還收過兩個徒弟，所以妳有兩個師兄。他們手上同樣有我煉製的隱息戒，如果哪天妳遇到他們了，隱息戒之間會相互感應，妳就知道他是誰了。」

重點是，這樣就不會一不小心鬧出個什麼同門相鬥的囧事。

而且這個隱息戒他特地加了禁制。

別的魂器在主人身死之後，神識消失，別人便可以重新認主，但是這枚隱息戒被認主後，是一旦主人身亡，它也會跟著碎裂，不會有第二個主人出現，所以不會有認錯人的風險。

「……這個認親禁制是為師的獨門煉製手法，沒人可以破解。」講到煉器，黑乎乎的師父非常自豪樣。

端木玖聽得眼神亮亮的。

煉器可以加禁制她知道，但是沒想到還可以這麼「玩」，她非常感興趣，立刻追問──

「師父，這怎麼煉製？」

「在學煉器之前，妳先背這個。」黑乎乎的師父拿出一本厚厚的書，放到她手上。

端木玖的手臂差點掉下去。

小狐狸伸出一隻前腳，幫她撐住。

這書，真重！

一條細瘦的手臂、加一隻小動物的前腿，就把一本厚得足以砸得人頭暈腦脹的書給撐住了。

小狐狸坐在她手臂上，再伸出另一隻前腿，乾脆把書給捧住了。端木玖眨了下眼。

「小狐狸？」

「嗯。」

「我拿得動。」剛才只是沒防備。

師父要丟給她那麼重的東西也沒先通知一下，無良！

「我拿，妳看。」

端木玖再眨了下眼。

這是……小狐狸的體貼？

小狐狸看她一眼，很堅持。

好吧，讓牠拿。她低頭看書名——

「煉材的世界。」

第二十四章　一定是他收徒的姿勢不對

端木玖無語了。

好高、大、上的書名。

翻開第一頁——好厚的一頁，有一公分那麼厚。

端木玖的表情：「……」

第一頁列了目錄，有分類、細目。這分類法簡直跟字典同等級！無論什麼時候拿出來翻找都不太會過時的那種。

端木玖手指點到第一類，書籍自動跑出第一類的項目。

再點到第一項，平面的小字瞬間變立體，放大在眼前。

端木玖眼睛一亮！再點第二項。

第一項的字自動縮回去，放大的變成第二項。

真方便，簡直就是異世界的電子書！

「這本書，記錄到目前為止，我所知道與見過的各種煉材，還有煉材的屬性和可能存在的地方。」當然，這是副本，正本還在他手上，繼續記錄中。

「師兄他們，也人手一本？」

「嗯，不過比妳手上的薄。」

「……」所以說，這就是「跑得慢」的獎賞。背書要背特別大本的。

端木玖被自己的想法囧到了。

「師父，這個字明明可以放大縮小自如，為什麼還這麼厚？」書的材質並不是紙，不是愈多分類，就需要愈多張紙的那一種。

這是一種記錄石。

可以在最初時候把想刻錄的內容都刻進去，也可以隨時添加刪減內容。

師父就算想做成書的形狀，明明可以做成薄薄一本就好，為什麼要做成厚得堪比康熙大字典？

樓烈理直氣壯地回道：「沒有這樣的分量，你們怎麼能理解為師的辛苦和細心？」

端木玖：「……」

她只覺得：師父，你真有惡趣味！

「好了，關於隱息戒，還有要問的嗎？」

「沒有了。」這個收徒禮，她很滿意。

隱息戒真的是好物啊！要是在西岩城的時候她就有這個戒指，一定先去敲端木陽一記木棍，讓他沒機會害北叔叔。

不過沒關係，以後應該還是有機會用到的。

「沒有？」黑乎乎的師父卻皺眉了。

「暫時沒有了。」

黑乎乎的師父覺得不對了。

「妳看到隱息戒，有幾星？」

「三星。」

黑乎乎的師父一聽，全身僵住了。

「師父？」

怎麼像被雷劈到一樣？

「妳只看得到……三星？」再確認一遍。

「是啊。」有什麼不對嗎？

「小徒弟，妳現在的魂階，是哪一階、幾星？」黑乎乎的師父很嚴肅地問。

「這個嘛……我不知道。」

黑乎乎的師父瞪她。

「我真的不知道啊。」她說的是實話。

「怎麼會不知道？妳沒有測過嗎？」

「小時候有。」

「結果呢？」

她露出笑容：「廢材一個。」

「……」黑乎乎的師父想起來了，在渡天河邊遇到三大家族的人時，他的小徒弟被叫成傻子、廢物。

師父撇撇嘴。

世家大族的那點兒齷齪事，他聽都不想聽了。

但小徒弟的事要弄清楚。

「小徒弟，妳用魂力，讓我看看。」

「魂力？這樣嗎？」端木玖微閉了下眼。

在端木玖所站的地面上，浮現魂師印的光芒，左邊上方一角亮起，而中間的星印出現一顆。

光芒閃過即逝。

黑乎乎的師父傻眼。

「一星……魂師？」

這畫面太夢幻——幻滅的那種，以黑乎乎師父的定力，都有點扛不住。

她跑得比天階魂師還快！但魂階是一階一星？

魔獸黏她黏得那麼緊！但她的魂力只有一顆星？

連聖獸級的大黑蛇都那麼聽她的話，但她只是一星魂師?!

天魂大陸，魂師分五階，由低至高為：魂師、地魂師、天魂師、聖魂師、神魂師。

每階又分為九星。

一階一星，代表魂師最基礎的等級，同時也是魂師等級中，最低的等級。

五歲剛開始測有沒有魂力就是這種的。

他家小徒弟……只是一星魂師?!

怎麼可能！

一定是他收徒的姿勢不對……不對……不對……不對……

看黑乎乎的師父一副搖搖欲墜、大受打擊、無法置信的模樣，端木玖很有同情心地安慰他——

「師父，我們，要接受事實。」

師父看著她，還暈乎乎的。

「一星魂師，也沒有什麼不好的呀！至少，我是魂師了呢！」端木玖喜孜孜地說。

雖然在剛才之前，她也不知道自己這麼「菜」，不過，都比菜還廢地過了十五年，現在只是「菜」，還算進步了呢！

師父無語。

「小徒弟，妳會不會太樂觀了點兒?」這自我安慰的能力會不會也太強了點兒?

「樂觀，比較容易快樂呀。」

這麼說……也對。但是……

「妳的天資真的有這麼差?」十四、五歲了，才只是一星魂師。

「這個嘛……」端木玖很認真地想了一想。「我之前，一直是個傻子，不會說話、不能自理生活，全靠北叔叔照顧長大；現在變得正常才快一個月、修練也快一個月，所以天資……應該還可以吧。」

她前世是個天才，現在……應該也不至於太差吧！

黑乎乎的師父一聽，才想起來了大概好幾年前好像聽別人說過這件事。

天魂大陸的三大魂師家族一向互相比來比去，千百年來，端木世家一直壓著其他兩個家族，占據第一家族的位置。

大約在十年前，帝都傳出端木家族嫡系子女出了一個廢物，而且還是個傻子，讓那兩個一直在二、三名徘徊的家族開心得不得了，恨不得時時掛在嘴邊。

連當時不在帝都、對家放八卦沒什麼興趣的他都聽到了傳聞，可見得這件事多轟動。

當時他最大的感想是：這小孩出名了！

現在居然發現，他看中的小徒弟竟然就是那個傳說中的傻子啊。

這該怎麼說？

天魂大陸果然很小啊！

如果他沒記錯，小徒弟身邊還有一個一直護著她的天魂師，他還因此很欣賞過。

不是每個人都能不計得失，那樣去照顧一個傻乎乎的孩子，更何況他們之間連血緣關係都沒有。

無論是為情還是為義，這個天魂師的作為，可比那些所謂的親人好太多了。所謂的世家大族，可以是一個人對外的底氣，更可以是無情無義的代表，沒什麼值得大驚小怪的。

不過他的小徒弟，他自然是要護著的。

「需要師父幫妳報仇嗎？」他問。

端木玖愣了下，沒想到他會這麼說。

「妳是我的小徒弟，欺負我的小徒弟，就是欠揍。」他的理論，就是這麼簡單直接粗暴。

他的意思，端木玖感覺到了，對這個臨時拜的師父，開始有了認同感。

「不用了，謝謝師父，我想自己來。」她笑了。

「妳確定？」名門家族多半底蘊雄厚，不乏高手。

「確定。師父，我是很善良的。」她說道。

「……善良？」他沒聽錯？

「所以我決定，以前的事，只要不再犯，我就不計較了。但是以後如果誰敢欺負我，那當然要欺負回來，而且要加倍。」

「這樣也算善良？」

「當然算。」她既往不咎呢！

事實是，她對端木家沒有太多感情，但畢竟曾經在端木本家生活過五年，在西岩城也多少受到端木家族的庇蔭，這是人情。

別人怎麼做她不管，但她的處事原則，就是這樣。

該還就還。

但想要她多還——作夢吧！

「……好吧，妳很善良。」小徒弟太理直氣壯，師父竟無言以對，只能認同。

端木玖很滿意，問道——

「師父，這戒指，還有什麼不對嗎？」

「它不是三星魂器，而是……七星。」他還是不太相信，小徒弟只是一星魂師。有跑得比天魂師還快的一星魂師嗎？

當師父的今天也是長知識了。

「七星?!」端木玖驚訝。

不是說天魂大陸上最高魂器師是五星，怎麼會有……七星魂器這種東西出現?!

「這個世界，不只有妳聽說的、看見的範圍和樣子，妳要把眼光再放遠一點，有一天妳就會發現，現在遇到的高手，其實都只是打手，不用太在意。」

「師父……你是要告訴我，這個世上，不只有天魂大陸這一個大陸而已嗎？」

他驚訝。

「怎麼這麼說？」

「猜的。」

「……」太強大的回答，真讓他無言以對。

「沒關係，那些事，等師父覺得合適的時候，再告訴我就行了。」

地球都有分五大洲，異世界雖然很多不科學，可是不只一塊大陸，卻是再科學不過的事了。

她當然就想到了。

聽說對北地之外、東州海外的事物與環境，大陸上的人也不是很了解的。說不定，那就有別的大陸呢！

端木玖是這樣猜的，只是等到她知道真相的時候，才發現，她不驚訝是對的，但猜的方向，真是完全錯誤！

「妳不想現在知道?!」他還苦惱要不要說哩！但想到小徒弟這個「一星魂師」的等級，他就心塞塞。

「有些事，現在我還不知道，可能是因為我的實力不夠吧！如果有一天我的實力足夠高了，我想，就算你不告訴我，我也是會知道的。」師父剛才的語氣，和之前的北叔叔多像啊！

北叔叔在說到她的父母的事的時候，也是這麼糾結的。

完全浪費了北叔叔那麼帥氣英挺的一張俊臉，不但眉頭皺著山川樣，連表情都往下垂。

雖然師父臉上黑乎乎的看不出眉頭有沒有皺成山川樣，不過語氣還是聽得出來的。

也因為這一點，端木玖對這個師父，再多一分認同。

因為他對她的關心，沒有虛假。

「很好，果然不愧是我看中的小徒弟。」

心胸，過關。

眼界，過關。

聰明，過關。

眼緣，過關。

不然他也不會找來了。

實力，則有待加強。

不過她才修練一個月嘛，一星魂師……也可以了。

綜合來說，他對小徒弟，很滿意。

「師父，這個七星魂器，還有什麼功能？」端木玖看來看去，都不覺得黑黑的像黑曜石的戒指，有七星那麼高大上耶。

「其他功能，以後妳會知道的。」他決定，不告訴她了。

「……師父，吊徒弟胃口是很沒有良心的。」

黑乎乎的師父一聽，差點沒有跌倒。

「這……不是吊胃口，而是，妳的考驗。」

「考驗？」

「這個魂器的主要功能雖然是藏匿，但是其他功能也不弱，只是妳現在魂階太低，所以開啟不了。不過只要妳的魂階提升一點，應該就能看到第四星的功能，所以，不要急。」

「要使用魂器，也需要相對應的魂階嗎？」她若有所思地問。

「一般來說，魂器只要認了主，自然就能被使用；使用的人實力愈強，所能發揮出的威力自然愈大，並不需要相對應的魂階。

「但是我煉製的東西，怎麼可能普通?!而且，這還是我專門為了送徒弟才特別煉製的，如果還跟一般魂器一樣，那有什麼稀奇？

「所以，感應禁制是其中一種，再來，就是因應主人的魂力，開啟不同的功能、發揮不同的威力。」黑乎乎的師父自豪著呢。

說到這裡，在端木玖食指上的隱息戒，黑色的戒身突然開始變淡，然後以眼睛可以看見的速度，漸漸不見了。

「咦?!」端木玖瞪大眼。

連小狐狸瞄到了，耳朵都動了一下。

只有大黑蛇不知道發生了什麼事，繼續保持原動作。

「師父，這？」

「這樣，才算隱匿呀。」樓烈笑咪咪的。

端木玖懂了。

雖然看不見，可是因為認主，她其實是能感覺到戒指的存在，而且也能使用隱息戒的功能。

但是別人看不見、不知道，這也就成了她的一種底牌。

這也算是樓烈煉器本領的一種展示了。

「師父，你好像……很厲害呀。」師父說的內容，和仲叔叔給她的那些煉器基本知識有些不同，不過一樣能理解。

簡單來說，就像讀書。

教科書是標明範本，但是實際考試時，除了標準答案，還有衍生題啊！

師父說的，就是衍生的那一種。

「我本來就很厲害。」不是好像。

「那，大陸上有很多人認識師父？」

「認得我的人不一定多，但是我的名字，只要有點大陸常識的人，就不會沒聽過。」

所以當時小徒弟聽到他的名字，卻一點都沒有驚訝崇拜……之類的表情，真是讓他想起來又心塞塞。

特別怨念地瞄了小徒弟一眼。

小徒弟立刻回給他另一個眼神。

「……」真是對不起喔，她就是屬於沒有大陸常識的那種人。怎、樣？
接收到小徒弟不太善良的眼神，黑乎乎的師父立刻安慰道——
「小徒弟妳的情形特殊，妳例外。」沒有大陸常識也不用太傷心，那是小事，補一補就好了。
「那師父，你的名字是什麼？」
聽到這句話，大叔什麼自豪都沒了。
想到自己的名字那麼不被當時還不是他徒弟的小徒弟重視，簡直心酸。
「為師的名字，姓樓、名烈。樓、烈。記好。」下回再敢忘，當師父的他就……真的要揍人了。
「我記得了。」她笑咪咪的。「那師父，你有名的名聲，是什麼？」
「這種事，以後妳自己去打聽。」他就不提當年勇了。「小徒弟，我們來說說這一隻，」指大黑蛇，「妳契約牠了？」
「沒有。」
「她是我的主人。」大黑蛇立刻補一句。
他還沒見過這麼主動要認主的聖獸，尤其是，大黑蛇不是幼獸，而是差一星就要成為神獸的九星聖獸。
魔獸每差一星，實力就是天差地別，更不用說晉升為神級，那是在整個大陸上都可以橫著走、沒人沒獸敢惹了。

魔獸對與人類契約，大部分都是很抗拒的。

就像人類不願為僕一樣，擁有比人類更好的天賦、與不比人類差的智慧的魔獸，當然也不願意變成人類的僕從。

唯一的可能，就是實力。

打敗魔獸，才能契約魔獸。

但是以現在看來，他家小徒弟的實力，差這隻大黑蛇兩大截還有剩！

但這樣一隻聖獸，遇到小徒弟就像家養寵物一樣，各種撒嬌賣乖的實在是……完全沒有魔獸威猛兇悍的形象。

「你真的願意認小玖為主？」樓烈問大黑蛇。

「嗯。」大黑蛇毫不猶豫。

樓烈挑了下眉，大黑蛇真的刷新他對魔獸的認知了。

再問小徒弟——

「妳要契約牠嗎？」

「要吧。」她低頭看著小狐狸，小狐狸看了她一眼，聽到她的回答，才滿意地繼續趴回去。

「原本，魂師如果能契約魔獸，那應該立刻契約才對，但是……」樓烈再看一眼大黑蛇。「為師建議，現在先不要契約牠。」

「為什麼？」端木玖不解。

大黑蛇是憤怒到想咬他一口。

不知道牠等得很急嗎！竟然還建議主人不要契約牠！想決鬥的話快點滾過來！看在你是主人的師父的分上，本蛇一定不殺你，只用尾巴把你掃出去變成天邊一顆星！

無視大黑蛇兇狠的目光，樓烈問端木玖——

「牠是九星聖獸，應該……距離突破不遠了吧？」

端木玖一聽，立刻轉頭看大黑蛇。

大黑蛇愣了下，對著端木玖點點頭。

就是因為隨時有可能面對晉階，所以主人之前闖上來，牠才會那麼生氣，怕的就是有人或有獸來搗蛋，萬一破壞了牠的晉階，突破不了還是小事，晉階不成害到自己才是衰！

「當契約建立之後，契約雙方的等級會相互影響，等級相差的愈多，低的那一方，受益的也愈多；而且從此之後，主人晉階、魔獸也會跟著得到力量，如果正好在晉階的關鍵，那也會因為這些力量而晉級的。」深感自家小徒弟雖然知道不少事，但對於修練的事了解還是不多，所以樓烈說得特別仔細。

「所以如果我和大黑蛇契約了，我的魂階，會提高？」

「嗯。」樓烈點頭。

「那大黑蛇……」

「牠的等級不會受到影響，但是契約，如果剛好觸動到大黑蛇晉級的關鍵，那大黑蛇就會晉階。」

「晉階不好嗎？」她又不解了。

「晉階是好事，一般魔獸晉階也沒什麼問題，只要修練蓄足靈力，要晉階神獸也不會太困難，但是牠……」樓烈看了一眼牠頭上的角，問道：「你不是單純的蛇類魔獸，而是有『蛟』的血脈吧？」

大黑蛇看著主人，點點頭。

「那就要小心一點了。有蛟的血脈，在晉階神獸時，也有可能引發血脈異變，晉階神獸，有可能會引來雷劫。」

「呃？」雷劫？

想到昨天的天雷滾滾、雷壓沉沉，端木玖低頭看著小狐狸。

「哦。」大黑蛇反而沒有太驚訝。

在頭上長出角的時候，牠曾經得到部分血脈傳承記憶，其中就有提示，晉神階，可能會遇到雷劫。

大黑蛇雖然也怕被雷劈死，可是魔獸，有哪一隻會不想晉階神獸？

就算要拚命，那也是拚了。

「有雷劫，大概全天塹森林，沒有人、獸會不知道。」

聽到這一句，端木玖秒懂。

這才是師父提示的重點啊。

「師父，你不想被人找到吧。」端木玖笑了。

「小徒弟，妳也不想跟那些家族混在一起吧。」樓烈也笑了。

嘿，嘿，嘿。

才剛成為師徒的一大一小，很快展現出默契。

「可是……要契約……」大黑蛇有點委屈地看著端木玖。

「大爺」的交代，牠一定要照辦，不能違背的，所以要契約、要契約、要契約。

「乖，只好慢一點了，不是找個遠一點的隱密地方，就是得等他們大部分的人都離開了，再來契約。」端木玖一抬起手，大黑蛇就乖乖把蛇頭低下來，讓她輕輕安撫。

一整個乖得不得了。

沒契約還這麼乖，讓樓烈也是刷新了眼界。

他這小徒弟是身懷什麼寶還是根本也是隻魔獸，不然怎麼能讓魔獸這麼聽話又這麼親近？

不對，小徒弟是端木家族的人，應該是人沒錯，在她身上，他也沒感覺出什麼魔獸的氣息。

但如果是有什麼寶……他樓烈修練這麼久，就沒聽過有什麼寶是能讓魔獸主動親近又乖巧聽話得不得了的。

所以小徒弟這本事，是天賦異稟？

「師父，你在想什麼？」

「在想妳怎麼讓這隻大黑這麼乖巧的。」

「我不是大黑。」大黑蛇反駁。

「這個嘛……我也不知道牠會這麼聽話。」她是真的沒想到大黑蛇會這麼聽話呢！

至於真正的原因——瞄了一眼小狐狸，還是暫時保密好了。

「我不叫大黑。」大黑蛇再一次強調。「主人取名，不要叫大黑。」

「取名啊……」她看向小狐狸。

小狐狸直接給她兩個字——

「**黑大**。」

……噗。

她可以想見，這個名字說出來，大黑蛇會何等哀怨。

「主人，名字取好了嗎？」大黑蛇很期待。

端木玖很不忍心地告訴牠：「黑大。」

「黑大。」大黑蛇一呆。

「黑大。」樓烈一聽，表情停頓一秒鐘，然後：「噗哈哈哈哈……」笑到抱肚子了。

「主人……」大黑蛇果然很哀怨地看著她。

非常、非常哀怨。

然後又不時朝抱肚子的樓烈射去兩道黑幽幽的兇光。

「呃，這個……」端木玖輕咳了聲，撫著小狐狸的手，偷偷指了牠一下。

大黑蛇看見了，哀怨的眼神一僵。

被小狐狸的眼神瞄過了一下，大黑蛇立刻點頭如搗蒜。

「這個名字好，主人真厲害，就叫黑大。」其實大黑蛇的內心淚奔流。

端木玖很善良地拍拍牠。

「這個是小名，方便我叫喚；如果你度過雷劫，晉為神獸，可以自己再取一個正名。」

「謝謝主人！」大黑蛇應得又快又大聲。

主人好主人讚主人棒棒棒！

為了名字，牠更是一定要拚了！

一定要成為神獸！

「好了，我們先離開這裡吧。」終於笑完的樓烈走過來說道。

「去哪裡？」

「找地方煮吃的，為師我肚子餓了。」摸摸扁扁的肚子，從那頓月銀魚後到現在他都沒吃東西啊。

端木玖一聽，很認真地點點頭。

「嗯，應該要吃早飯了。」雖然這裡山頂的天色大亮，但是其實，這個時候大概還不到卯時中吧！

「烤飯糰。」

說到吃，小狐狸先點菜了。

「嗯。」端木玖對著牠點點頭。

「走吧。」樓烈走到山壁邊，率先往下跳。

端木玖立刻跳過去看，想著師父行不行的——就看見山崖下，有顆「傘狀物」，搖呀晃地往下掉。

雖然看起來很危險，但它就是平安落下去了。

「降落傘啊！」竟然有這種東西，太神奇了！

不過那當然不是降落傘，而是樓烈煉製的一點小玩意兒，用來飛的，只要有風就可以用。

想到師父說的沒人能爬上這座山崖，端木玖頓時覺得，這種東西也很有「錢」途啊！

「小徒弟，快一點，妳還要去抓魚呢！」

端木玖一僵。

「……」當人徒弟要先當漁夫？

端木玖扼腕。

現在才想起來，當初開的條件裡竟然忘了包括煮飯這件事了，真是大大失策！

第二十五章 小狐狸PK燚 Part 2

天塹山谷，渡天河的另一側，人類歷練者的聚集地。

按照平常慣例。

天才剛剛亮，就會見到有人從天塹森林裡一身疲累地回來，有人則是整頓好帳篷匆匆離開。

這個時間，通常是各方勢力各自忙著準備自家人的早膳，大部分的人可能才剛剛起來。

但是今天，明明是同一個時間，聚集地裡的人卻大部分都醒著，或者說，他們根本一夜沒睡，而且是從外面陸續回到營地。

身為修練者，一夜沒睡並不是什麼大事，大家一樣可以精神奕奕。

但是，一夜的時間，如果從山谷的一頭跑到另一頭，又經歷過整夜探查環境、爬山壁，然後再跑回來，就算是天階高手，也是會累的。

不過現在就算再累，休息也不是重點。

長老和家族裡能說上話的人一回來就都各自集中到一個帳篷裡開會去了。

其他家族子弟們，則是在各自的營火堆旁，或坐或癱地聚在一起，有的還跑到別家的營火堆串門。

來來往往的，營地裡人多，加上一夜沒休息，警戒心自然降低了一點。

這個時候，晨風一吹來，樹上的樹葉動了動、落葉多一點點，根本沒有引起任何人的注意。

他們不是不想回去休息，而是他們更好奇昨天晚上的事。

在帝都居住多年的三大家族的子弟，稍微有點名氣的，幾乎都互相認識，說起家族之間的摩擦，子弟們之間的交情用「相愛相殺」四個字形容，真是再恰當也不過了。

「昨晚那個，你們覺得，到底是什麼？」歐陽家小子弟拋出問題。

生平第一次碰上這種狀況，不但被契約的魔獸們反應一致抖怕，聽說就連是在和人類打架的魔獸們也是打到一半就停下來，連竄回窩都來不及地直接趴在地上抖抖抖。

還因此便宜了不少人直接把魔獸打暈抓走。

簡直就是天上掉下來的戰利品。

「一定是神獸。」端木家的一名小子弟說道。

「哪種神獸有這麼大的威嚇力，把我們的魔獸嚇個半暈？」公孫家的子弟一直猜不出來。

「而且，長老他們的魔獸有聖獸，說不定也有神獸，但是好像一樣被嚇得不敢出來。」另一名公孫家的子弟跟著說道，而且這句話說得特別小聲。

這句話是有根據的。

最明顯的事實就是，去爬山崖的那幾個修為比較高、實力最好的長老們，都沒有放出自己的魔獸。

要不然，區區天塹山雖然可以難倒大部分的人，但怎麼也不可能難住全部的人啊！

在那樣的情況下，長老們寧可自己毀形象地去爬山壁都沒放出魔獸，可見得就是魔獸們不敢出來了。

「魔獸……就算同等級，但是如果那是一隻血脈很純的魔獸，一樣可以讓同等階的魔獸害怕。」端木家子弟說道。

「真想知道那到底是什麼魔獸。」歐陽家子弟說道。

「但是我們找了一夜，什麼都沒看到啊。」公孫家子弟說道。

「神獸說不定就在山頂。」歐陽家子弟說道。

「可是我們也沒有人能爬上山頂呀！」公孫家子弟很實事求是地說道。

「所以，長老他們去商量了。」端木家子弟說道。

「商量什麼？」

「商量要不要傳訊回族，請家族再派人支援吧！」端木家子弟說道。他們家長老多、實力高的也多，一定有人可以爬上去。

「其實……」公孫家子弟很遲疑。

「其實？」歐陽家子弟看過去。

「其實我覺得，我們可以繼續這次的歷練。」不要管神獸。

「啊？」端木家子弟好驚訝。

「你不想上天塹山頂嗎？」歐陽家子弟問道。

「我覺得……能讓那麼多魔獸害怕的魔獸，不管牠是什麼神獸，都不是我們現在的實力能應付的，不如繼續我們的歷練，不要去惹牠比較好。」公孫家子弟說道。

「……」說得好有道理。

「哼！身為魂師，怎麼連一點冒險精神都沒有？遇到厲害的魔獸，你們就打算退縮了？那不如乾脆都待在帝都裡，別出來了！」歐陽家子弟不以為然。

「明知不敵還硬要去，那才是自己找死的行為。」公孫家子弟對「明知不可為偏要為之」的事，也很不以為然。

「你說什麼！」歐陽子弟變臉。

「冷靜一點，我們只是聊聊天，不要動怒，傷和氣。」端木家子弟很公正地說道。

「哼！你說清楚！」

公孫家子弟沒有因為歐陽家子弟動怒就跟著生氣，語氣依然很平穩——

「雖然不知道造成昨天晚上那種現象的到底是什麼等級的魔獸，但是很明顯的，我們全部人的魔獸加上天塹森林裡的魔獸，沒有一隻不怕；那就表示，這裡所有的魔獸，都不敢對上那隻魔獸，這種情況下，我們再去招惹那隻魔獸，危險的是我們。」

說得好有道理。不分家族，在一邊旁聽的好多人跟著點頭。

「找尋高階魔獸也是我們來歷練的目的之一，既然遇到了，當然不能隨意放過。」端木家子弟有不同的看法。

說得很有道理。不分家族，在一邊旁聽的人，不少也跟著點頭。

「那隻魔獸，說不定就是我們一直在找的神獸；就算不是，我們也應該弄明白那到底是什麼等級的魔獸，至少要知道牠是什麼。不能因為危險，就止步不前！」歐陽家子弟大義凜然地發表看法。

這也很有道理啊！不分家族，在一邊旁聽的人，又繼續跟著點點頭。

「可是……」

聽到這裡，附近的樹葉又是輕輕晃動了一下。

一道無形的影子，就從樹上再鑽進營帳裡，直到營帳裡的長老們陸續出來，影子才又離開。

距離營地不遠的隱密地方，一名身穿深紫色武士裝的男人靜靜等候。

突然，身後林葉彷彿被風吹動，吹過一聲「窸窣」的聲響。

一道影子從空中無聲落下，緩緩現出身形，露出一張略帶鬍碴、陽剛英挺的五官。

「阿北。」

男人轉回身。

「奎一。」

「小姑娘不在那裡。」他把聽到的內容對他說了一遍。

高階魔獸的誘惑，足夠讓那些家族的人，再派更多人來了。

「阿北，你說——小姑娘會不會跑到天塹山上去了？」

男人想了想。

三大家族要怎麼做他不管，他關心的只有小玖的下落。

「趁現在三大家族都沒空，我們去天塹山。」

「好！」

他早就想上去看看了啊！

當然這個前提是，他們爬得上去。

◈

天塹森林深處，渡天河某處彎道口。

被叢叢樹木包圍的彎道口，氣息很清新，除了水氣、木氣，幾乎感覺不出還有其他氣息。

每當清晨時刻，整個渡天河面被一層淡淡霧氣籠罩，對岸的樹影、朦朧的水色，與淡淡的青草香，寧靜得彷彿世外之境。

這裡接近天塹森林深處，是人類冒險者與歷練者通常不會到達的地方，四周還保留著較多原始森林的氣息。

但是最近半個月，原始森林漸漸染上人煙的氣味。

清晨時分，當天光漸亮，河面濃霧漸散，一天又將開始的時刻，霧白的河面，突然一陣晃動。

一道粉色的身影，瞬間從河底竄出，躍向岸邊。

飄著淡霧的空中，同時閃過一道紅色光芒。

再一定睛，粉紅身影與紅色光芒同時落到岸邊，粉色身影剛站穩，揚手一揮烘乾衣服。

紅色光芒隨即停到她肩上。

在粉色身影後方，渡天河裡卻突然竄出一隻淡得幾乎看不清的魚影，尖銳的利牙直接撲向她，她沒回身，卻反手擲出一把飛刀。

「喀！」

再一把。

「咻——」

第二把飛刀削下魚影的魚頭，整條魚立刻掉在地上，露出淡白色的魚身。

隨後又飛來好幾條同樣無形的魚，分別從不同的方向攻擊。

她感覺著空氣中的變動，兩手指縫間的飛刀，同時射向不同的方向。

「咻咻咻咻。」

同一時間，被飛刀射中的魚又掉下來好幾條。

確定沒有魚再攻擊了，她這才轉身，蹲下來，手上飛刀削削削。

不一會兒，魚的鱗片、肉、骨、刺、頭、尾，全被分開來。

另外還有好幾顆白色水亮，像珠子一樣的東西。

這種淡白色的魚，是棲息在渡天河裡的一種魚類魔獸，速度快、牙齒利，最特別的，是攻擊時無聲無息，身體能透明，讓人看不見。

一旦露出魚體，身上都帶有這種白色珠子，根據師父的《煉材的世界》中記載，這種魚名為白影魚，多出沒在江河的深水流域，魚身上的珠子是牠們力量的結晶；一顆珠子，代表一個星階，這些魚每一條身上都有二到四顆珠子，所以是二至四星魔獸。

白影魚的珠子，帶有短暫避水的效果，所以也是一種很好賣的戰利品；她每抓一次白影魚，都能收穫好幾顆。

幸好她的飛刀有重新煉過，至少達到三星魂器，不然要砍魔獸，還真的砍不下去。

鱗片跟珠子收起來，再用水把魚肉洗一洗，醃起來放在陶器裡。

「晚一點就把它烤成魚乾，留著當點心吃。」

在她肩上的紅團子，立刻點點頭。

就在此時，寧靜的森林裡傳出一陣細微的聲響。

「窸窸，窸窸。」

「窸窸，窸窸。」

就在規律的細小聲響後，一隻與人身同粗的黑色蛟蛇，緩緩遊走到岸邊。

嘴巴一張，就吐出幾種草葉和十幾枚青綠色荷葉，放在一旁。

再偏個角度，又吐出一堆乾枯的木頭，放在另一旁。

這一人兩獸，就是端木玖、小狐狸和大黑蛇。

「黑大，謝謝你。」端木玖摸了摸牠的頭。

「嘿嘿。」被主人道謝了，大黑蛇一副滿足樣。

縮成這個大小果然比較好，方便行動、還可以幫主人做事，真是很美好。

端木玖則是轉回身，右手一拉。

一道銀色的弧線從水底跳出來，線上還掛著一連串的銀色小魚。

端木玖伸出左手一劃，好幾條比較小的銀色小魚就「噗通噗通」掉回河裡；掛在銀線上的魚只剩十五條。

大黑蛇立刻用尾巴把自己摘來的荷葉一一攤開在地上，剛好十五枚。

被拉上岸的銀色小魚就這麼掉下來，一隻對一枚，剛好十五枚。

端木玖撒著調味料、把魚包在葉子裡，大黑蛇堆木堆、架烤架，小狐狸對著木堆吹一口氣——呼。

木堆的火立刻燒起來。

端木玖一揮手，十五個葉包立刻上烤架，神識一動，木堆上的火勢立刻變得很平均。

不一會兒，一股異樣的香氣立刻飄散開。

一道黑灰色的身影立刻不知道從哪裡就突然冒出來了，坐在火堆邊，目光很垂涎地看著那一個個青綠色葉包，在火烤的熱度下，漸漸變成紅色。

然後伸出手——被抓住。

他立刻變招，以另一隻手從側方攻擊，端木玖伸手一擋，他再度換招。

兩人坐著沒動，但是手上卻一來一往過了十幾式。

大黑蛇朝火堆吹了口氣：呼——

火熄了。

他的手立刻又伸過去。

他想拿的那個葉包，卻有一道紅色光芒閃過——小狐狸叼走了。

「師父，還差一點點喔。」端木玖笑咪咪地說。

「小玖兒，這是二比一，這樣欺負師父是不可以的。」他很嚴肅地說。

「師父，偷吃也是不可以的。」端木玖也很嚴肅地回道。

「只是差一點點。」

「差一點點，就是有效和沒效，師父，你要有一點身為人師的穩重，不能那麼貪嘴。」

「穩重，正好是為師沒有學的缺點啊！」

「師父，穩重是優點。」

「穩重，等於刻板、等於沒有活力、等於沒有樂趣，哪算優點？」

說得好像有道理，不過——

「師父，心急是無法煉出好器的呀。」她很語重心長地說。

「煉器時，為師當然有耐心、會穩重，但是吃魚的時候，要快狠準。」師父也是很有行動哲學的。

「師父，吃東西的時候除了快狠準，最重要的，還要『有用』啊。」

說到這一點，黑灰灰的人——樓烈，就無話可說了。

「這個……也只能說，妳烤魚的手法太好，讓為師的每次都等不到能吃的時候就想吃了。」他咕噥著，收回和小徒弟打架的手。

「這樣啊……那以後我還是直接烤，不配其他的調味……」她還沒說完，樓烈立刻打斷她。

「千萬不要，妳保持這樣就好，為師會努力穩重。」保證。

一個渴了只能喝白開水的人，有一天發現這世上還有糖水茶水蜜水各種水的美味，你再叫他回去只喝白開水，那是多沒有天良的事啊！

「好吧。」她這才打消念頭，兩人兩獸開始吃魚。

一口氣吃完十個葉包，樓烈照例到一旁調息，端木玖和黑大則收拾善後，把現場恢復原來的樣子。

等她做完了，拿出那本又厚又重的《煉材的世界》開始看，小狐狸就跳回她肩上，趴著睡覺。

黑大也乖乖蜷縮在一旁。

自從那天被樓烈找到、拜師之後，兩人兩獸就離開山頂——黑大要離家，還把家當統統打包，放進樓烈送的儲物戒裡，再將山頂裡所有牠待過的痕跡統統弄得亂到看不出來，才從此跟著主人流浪去。

他們不知道的是，在黑大離開天塹山後，天塹山頂阻止魂師爬上山的壓力就消失了。

在接下來的日子裡，天塹山頂頓時成為觀光名地，每天都有好多人爬上山，又失望地下山。

這個時候樓烈已經帶著端木玖到一處少有人到的地方，開始每天背書、講課、跟師父打架、找魔獸打架、修練的忙碌生活。

當然這其中最重要的事，還有一件，就是——吃。

師父每天不能沒有月銀魚啊！

身為小徒弟的端木玖，還是很尊師的，認了師父，幫師父做吃食也不是很困難的事。

結果那條月銀線又回到她手上，真不知道該不該算是「孽緣」。

一個時辰後，樓烈調息完畢，就開始考校自家小徒弟對各種煉材的熟悉程度，要背名稱、要說明特性。

考校滿意了，再開始講授煉器的手法和要點，還有煉材的融合等等。

「……妳之前的煉器手法很不錯，有些方法也可以直接用來煉製魂器。今天，妳不用再去打魔獸，而是想一想，怎麼煉製一把，妳自己適用的魂器。」樓烈說道。

雖然人還是黑乎乎的造型，頭髮也黑黑灰灰，可是在教授煉器時，樓烈完全沒有任何一絲玩笑與不羈，對端木玖的要求不但嚴厲，而且仔細。

對於煉器的基礎知識，他要求得一絲不苟，端木玖也很認真學。

「我自己適用的魂器？」

「魂師所能發揮出的實力，依靠在契約魔獸的天賦攻擊能力的加乘威力；所以能契約到愈高階的魔獸，對魂師愈有利。

「但是我一直認為，除去魔獸，妳自己本身也必須有自己的實力。

「身為我的徒弟，在這一點上，我也有要求。」

說到這一點，樓烈對自家小徒弟是非常滿意的。

雖然小徒弟的魂階不高，但是她本身的實力高啊！

論魂階，小徒弟只是一星魂師；但是如果論武師的等級，他卻能肯定，小徒弟至少有天武師的實力，甚至可能更強。

這半個月來天天過招、天天看她怎麼對付魔獸，每一天都比前一天進步，樓烈對這一點深有體會。

這樣，至少離開天塹森林後，他不必太擔心小徒弟的安危。

現在就差這件事。

「雖然妳可以契約黑大、使用魂技。不過行走大陸，有一件隨身魂器對妳來說會更安全。我看過妳之前使用的『手槍』與飛刀，都很適合妳用，就是威力太低了一點，很容易槍毀刀斷，妳自己應該知道吧？」

「嗯。」她點點頭。

槍毀、刀斷，師父形容得好兇殘！

「在對敵的時候，武器的缺失是大忌，一不小心，小命就玩完了。所以妳的武器要重新煉製，這次要煉魂器，不是這些低等武器，知道嗎？」就樓烈的眼光看來，這些武器，真的很破爛啊！

但好歹是小徒弟自己煉的，而且是在拜師之前，那時候她還不太懂煉器是怎麼一回事，用的煉材低等、用的火也很低等，所以樓烈才沒有把「破銅爛鐵」四個字說出口。

但是除此之外，小徒弟能煉製出這樣的東西，而且可以用來對付魔獸，這值得大大稱讚。

不過以後，當實力愈來愈高，這種武器再拿出去用——實在太沒有檔次、太丟他的臉。

所以他要求，小徒弟用的東西，要換！

「這些煉材給妳，妳好好想一想，把魂器煉製出來。」留下一堆煉材，樓烈不再多說，就站了起來。「黑大，跟我來。」

「嗯？」窩在主人身邊好好的，卻被點名的黑大，立刻抬起頭，瞪著主人的師父，滿滿的不樂意。

「不要打擾你家主人思考。」樓烈的一句話，成功讓黑大稍微動了動身體。

「主人……」只要主人說可以留下來，牠一定留下來！

可惜——

「你陪師父去吧。」再用眼神示意。

保護好師父。

「是，主人。」黑大只好哀怨地跟在樓烈身後走了。

只剩下端木玖和小狐狸留在原地。

本來這個時候，是她去找魔獸打架、師父不知道跑去哪裡的時間，直到入夜才會再回到這裡。

不過今天是師父依然不知道跑去哪裡，她留在這裡動動腦。

有上課，就有作業。

果然每個時空都一樣！

不過，她從來沒怕過做作業呀。

「小狐狸，你覺得我該煉製什麼？」端木玖笑咪咪地問道。

「什麼都可以。」

「小狐狸，你真沒誠意！」

「……劍。」

「劍？」她想到，當牠化成人時，手上拿的，就是劍。

還是一把會冒火的劍……嗯……這是個不錯的功能……

再看看師父留下的煉材，再翻翻手環裡她之前還沒用完的煉材以及進入森林後打魔獸得到的戰利品。

「晶石……獸晶……」

晶石，也是大陸通用的貨幣之一，但不是一般人會使用的；其實擁有晶石的人，也通常捨不得把它拿來買東西。

因為晶石裡含有靈力，可以用來修練。

而獸晶，則是魔獸體內的結晶；魔獸等級愈高，獸晶就愈大顆。

獸晶是魔獸的力量凝成的結晶，魔獸可以藉用吞噬獸晶來增加力量，但對人類來說，獸晶最大的用途，就是當成煉材，應用在煉器裡。

就在端木玖思考的時候，神識突然一陣感應，心念一動，一隻金紅色的小鳥就出現在她面前。

「焱，你醒了！」端木玖很驚喜。

「啾啾！」玖玖！想！

焱一下子就撲進她懷裡。

離開岩火山的時候，焱就一直沉睡，直到現在才醒來。

「焱，你看起來好多了。」不再虛飄飄的，身體也有了重量，抱起來暖暖的，真好。

「啾啾。」焱，沒事。

看端木玖抱著焱，一副很開心的樣子，本來趴睡著的小狐狸張開眼，對著她的臉頰，就頂了一下。

「唔。」端木玖被撞了下，轉過頭，「小狐狸？」

小狐狸看了她一眼，就盯著她懷裡的焱。

「啾啾！」看什麼？

瞪。

「啾啾啾！」玖玖是我的。

再瞪。

「啾啾啾啾！」

連小翅膀都揮起來了。

小狐狸看了焱一眼，然後跳到一旁的地上。

焱也從端木玖的懷裡離開，飛到一旁的地上，正好站在小狐狸的面前。

兩隻面對面。

端木玖看得覺得自己頭上滑下三條線。

這是要決鬥的意思嗎？

「啾啾。」誰輸了，三天不能給玖玖抱。

小狐狸看著焱，點頭同意。

「啾——」說定，焱發火。

一道金紅色的火焰撲過去。

小狐狸抬起一隻前腿，揮了下。

一道紅色的火焰迎過來，兩火相抵，紅色的火焰還壓過去一點。

焱飛退一步，翅膀一揮。

轟——

一道更大的金紅色火焰直接把紅色火焰撲滅了，然後繼續壓向小狐狸。

小狐狸飛高，讓金紅色火焰撲空，正要反擊的時候，一隻手臂伸過來，抱住了牠。

小狐狸不得不收回抬高的前腳。

而焱，則被另一隻手臂抱住了，兩隻翅膀都收起來，焱站在手背上。

「啾。」玖玖。

小狐狸也看著她。

端木玖則看著這兩隻。

「噴火好玩嗎？」

「啾。」不是玩。

「不是玩。」

「那是在做什麼？」

焱和小狐狸同時不說話了。

總不能說，牠（它）看這個霸住玖玖的傢伙很不開心吧！

很不開心，就想放火燒對方。

兩邊都有火，那就看誰放的火比較強！

端木玖看著這兩隻，實在有點猜不出來他們到底哪裡不合。

好像在岩火山地底遇到的時候……他們就看對方不順眼耶！

而被看的一團火和一隻小狐狸，雖然被她一手一隻抱著，還是可以撇開頭，不看對方的。

端木玖看得啼笑皆非。

「你們兩個那麼多火，那借一點給我用好了。」她要「交作業」，火是必要工具。

小狐狸立刻看著她。

「妳想到要煉製什麼了？」

「啾啾啾啾。」玖玖要煉器，焱幫忙。

「有晶石、還有鎢鐵，我還想加一點黑雪礦……」這次，絕對不會再讓手槍只發出一顆子彈就化成灰了。

毀損率太高，也是很麻煩的。

「啾啾。」玖玖要煉的，一定能煉成！

小狐狸卻忽然咬了個東西放在她手上。

「這個是？」黑黑的、尖尖的一塊，硬硬的東西。

「黑角。」

「黑蛟……不對，是黑大的角……」端木玖才剛意會，她的識海裡已經有一顆東西在撲撲跳！

我的！我的！

回來！回來！

端木玖還沒回答，在她手掌上的黑角就飄出一陣黑色的輕煙，然後撲向她額頭！

「唔……」她悶哼一聲，識海一陣暈眩，抱著焱和小狐狸的手臂無力地一垂下，就暈倒了。

焱噗通掉下地！還滾了一圈。

小狐狸躍到她身後頂住她，讓她緩緩倒落地面。

「啾！」玖玖！

「**玖玖！**」

第二十六章　巫石碎片

端木玖一倒下，一火一狐，再度做出同樣的動作。

小狐狸抱住她的頭。

焱撲到她身上。

但端木玖卻彷彿睡著了一般。

身體很平靜，神識卻醒了過來。

她能感覺到焱和小狐狸在她身邊，但她的神識所看見的，卻是一片無盡的漆黑。

帶著巫石，焱與她有如一道光束，不斷往前飛躍。

偶爾的銀星點點，稍晃即過。

漆黑的空間，卻彷彿無止無盡。

不斷消磨他們的意志與力量。

焱的光，漸漸地，愈來愈弱，卻依舊包覆著她。

連同巫石，形成兩道金色與銀色的光帶，裹著她繼續往前飛躍。

直到金色的光帶褪色，銀色的光帶迸裂！

焱與她瞬間往下掉——

她的神智同時一痛，昏睡過去。

等她再度回神，看見的卻是巫石空間。

巫石空間，有一個正式名稱：巫界。

整個巫界的狀態，很自然地存在她的意識裡，她對外所能感應到的範圍，似乎也變大了。

原本兩千公尺平方的土地面積，好像擴大了一倍。

而除了巫氏一族的山、與磊的身體形成的石頭山——磊還睡在山頂上，那一片平坦的土地上，有了湖泊、再多了兩座山。

其中一座，山頂隱隱有著火焰的光芒，很明顯是火山。

另一座，位置與火山相對，是與湖泊相連的山脈，山色鬱鬱蔥蔥，山頂還有著白白的雪色。

空間的盡頭，仍然是朦朦朧朧的，但巫石空間的天色，好像更明亮了一些。

同時巫石變化的訊息也自然浮現在她的神識裡。

自然而然，沒有任何不適。

端木玖這才醒過來。

表情很——糾結。

而她一張開眼，就聽見——

「啾啾！」玖玖！

「……」一雙小狐狸的前腳，直接踩上她肩窩。

雖然力道不重，但很有存在感！

而且一隻翡紅的雙瞳直接盯到她眼前，和她黑眼瞪紅眼。

這情景，很熟！

因為半個多月前她才經歷過一次。

端木玖眼角有點抽。

「小狐狸，你又生氣了。」

「……」小狐狸瞪她。

「啾啾啾！」玖玖騙人！

被忽視的焱立刻叫道——

「我騙人？」昏倒一醒來就被指成騙子，端木玖覺得自己有點冤。

「啾啾啾！」妳答應不會丟下我一個人又睡著的。

「……焱，我是昏倒，沒有睡著。」

「啾！」一樣！

端木玖坐起來，重新把焱和小狐狸又抱放在腿上。

「不一樣。」端木玖先看著焱，「焱，巫石空間是怎麼回事？」

「啾啾。」就是巫石空間。

理直氣壯。

「所以……巫石空間不全，你不知道？」

焱偏著頭看她，神態很疑惑。

「啾？」不全？

焱完全是一副不知道的樣子。

「焱，你這個迷糊蛋！」端木玖揉揉它的頭，看著焱的眼神有些心疼、還有更多愧疚，說出口的語音有些哽、有些低：「也是個小笨蛋……」

焱抗議。

「啾！啾！」焱不迷糊！焱不笨蛋！

被忽視的小狐狸抬起前腳，「啪」地放在她手上。

「黑煙，是巫石空間的一部分？」

牠不喜歡看到她的眼神裡有難過，而且她的眼眶裡……有水，看起來，像要哭了。

卻沒有哭。

這種表情，讓牠看著覺得更不喜歡，好像牠的心，也跟著難過起來。

這種感覺，讓小狐狸皺眉——不過牠現在是小狐狸，就算皺眉，別人也看不出來。

「嗯。」端木玖訝異地看了牠一眼，就點點頭。

「妳沒事？」

「沒事，只是接收了巫石空間的訊息，才會暈過去。」

「對妳沒有傷害？」

「沒有。」

小狐狸，在關心她呀……

「趕快把這個笨蛋安撫好，然後丟進巫石空間。」

「……」關心一下子變嫌棄，端木玖呆了一下。

「它很吵。」

這句絕對是強調。

端木玖囧了一下。

「小狐狸，你不喜歡焱？」

「沒有。」

「那你為什麼和焱打架？」

「它霸占我的地盤。」

「什麼地盤。」

「這裡。」

小狐狸指著她的胸口。

端木玖一愣，然後臉色變來變去，最後紅紅的。

偏偏牠一本正經、完全沒有開玩笑的語氣，害端木玖想說牠×騷擾都覺得有點心虛。

只好安慰自己：她抱的是小狐狸，不是那個少年；她抱的是小狐狸，不是那個少年。

被忽略在一旁的焱不甘示弱地又叫了——

「啾，啾。」玖玖，不要理牠。

「啾啾。」焱不是笨蛋。

後一句是對著小狐狸喊的。

但是小狐狸用很肯定的眼神回答它——你、是。

「啾啾！」焱不是！

「**就是。**」

焱立刻轉向——

「啾啾啾啾！」玖玖，焱不是笨蛋，對不對？

「這個……」

「啾啾啾啾！」牠是壞狐狸，不要理牠！

「……」有種不妙的預感。

「**力量沒恢復的笨蛋，回去睡覺！**」

小狐狸甩了一下尾巴，不再看它了。

「啾啾……」玖玖，牠欺負焱……

端木玖很無奈地看了小狐狸一眼。

小狐狸以很高冷的神態回她一眼——然後趴在她腿上，閉上眼睛了。

這表情她竟然看懂了。

快搞定它，把它丟回去睡覺。

表情雖然很嫌棄，但牠的意思，對現在的焱來說，卻是好的。

端木玖頓時特別無語。

如果焱是笨蛋那你就是傲嬌！而且是特別彆扭的那一種！

「啾啾……」玖玖……

玖玖要被壞狐狸搶走了……

「焱，我看到了。」端木玖用雙手抱高它，跟自己面對面。

焱看著她。

「啾？」

「為了保護我們，巫石碎裂，你用盡力量，不得不沉睡，而我因為靈魂受損，所以變得癡癡傻傻，直到你慢慢恢復力量、我的靈魂也漸漸復元，才恢復了正常，對吧？」

「啾。」

「可是你，到現在還沒有恢復。」焱，自己都快沒有力量，卻還是保護了她完整降生，把巫石留在她身邊，幫助她慢慢復元靈魂。

而它自己，卻只能在火山的深處，一直沉眠，靠著火山深處的火元力，慢慢溫養。

「啾啾，啾啾。」玖玖好了，什麼都很好。

「啾啾啾啾。」焱也很好，和玖玖一起，很好。

「啾啾啾啾。」玖玖再把巫石碎片找回來，就好了。

「啾啾啾啾。」巫石完整，玖玖學會，很厲害。

「啾！」打別人！

焱說得零零碎碎，端木玖卻聽懂了。

在吸收了這個巫石碎片後，之前想不懂的事，現在就自然明白了。

但是巫石空間不完整，所以傳承也不完整。

只有找回碎片，讓巫石空間完整了，她才能得到完整的傳承，然後變得很厲害。

最重要的是最後這一句：打別人！

「之前為什麼不告訴我？」

焱偏著頭。

「啾。」沒有想起來。

端木玖：「……」

「啾？」玖玖生氣了嗎？

「沒有。」她拍拍它，讓它不用不安。「我只是在想，焱的記憶力是不是不太好？」

是不是，因為焱還沒有恢復——

「啾。」記得玖玖就好了。

其他的，不重要。

焱一點都不擔心，只歡快地蹭著她的手。

自從壞狐狸出現後，玖玖都好久沒有抱它了，都是壞狐狸的錯。

焱完全忘了它從和端木玖重逢後就又睡了很久，剛剛才醒，它家玖玖想抱它也沒機會呀。

「嗯，對，記得最重要的事就好了。」端木玖一笑。

「啾啾。」玖玖要煉器，焱幫忙。

雖然中間打了一架，不過焱還記得這件事。

玖玖的事它都記得喔！

「好。」端木玖抱了它一下。

一旁的小狐狸睜開眼，看著焱。

這團火真的記憶力不好？

焱開心地蹭玖玖，壞狐狸的眼神，它當成沒看見。

小狐狸默默地想：這團火一定還欠燒，下回要再多燒一點——

端木玖兩手揉了揉兩隻，說道——

「我要忙了，你們兩個不可以吵架、也不可以打架了。」不要以為她沒看見他們的「眉來眼去」！

「啾。」哼。

小狐狸直接別開眼。

端木玖：「……」

算了，不繼續互相噴火就好。

她繼續翻找手邊的煉材，一邊想著：要煉製魂器，之前買的煉器專用的火種就不太夠用，必須有地火以上的火，才能煉製。

在天魂大陸，火種是一般武器店都有販售的火。比一般人用來烹調的火熱度更高、火焰持久，並且耐用。也可以說是專門用來煉造武器的火。

端木玖使用的，就是這種火。

但要成為魂器師，只使用火種是不夠的。

魂器師所使用的火，通稱為「異火」。

異火等級分為三種，由低而高為：地火、天火、神火。

其中地火比較常見，天火很罕見，而神火，則一直是傳說中的火焰，現今天魂大陸幾乎有超過千年不曾出現過。

要擁有異火最簡單的方法，就是契約魔獸。

只要契約的魔獸天賦屬火，身為主人的魂師，就能共用魔獸天賦本能，擁有地火。

除了魔獸的本命火焰外，異火還有另外一種，則是天地間自然出現的火焰；這種火焰，因為是天生地養，生成的條件非常苛刻，所以非常少見，又被稱之為「天地奇火」。

另外，要收這種火焰為己用，十個裡有九個會在還沒能控制火焰前，就先被奇火燒死；剩下的雖然不會死，但超過半個以上會失敗，並且會被火焰燒得面目全非。

可以說，如果沒有特別的方法，幾乎沒有人能成功收納天地奇火。

除此之外，擁有異火的魂師，也並不是每一個都能成為煉器師。

有火焰，只是基礎，更重要的，是要有資質，以及方法。

對於這兩種條件，端木玖在師父上課的第一天就很好奇地問過，她家師父的回答是——

「每個煉器師想要選擇徒弟的條件都不一樣，在煉器師公會，有一套能不能成為煉器師的標準，如果妳太閒了、實在沒事可以打發時間的時候，可以去測一測，當玩耍。」

「……」把人家正經嚴肅的測試當玩耍，端木玖覺得自己如果真的去玩了，生命會有危險。

「對我來說，要當我徒弟，只有兩個字：順眼。」

「師父，這條件……」有點坑人。

「我要收的徒弟，當然要讓我看得順眼啊！難不成收一個看不順眼的徒弟來讓自己每天心塞火氣大？」

「……」說得好有道理，端木玖完全無法反對。

「那師父，如果讓你看順眼的人，學不好煉器怎麼辦？」

「這種事還沒發生過。」所以不需要想。

「……」師父這是在變相稱讚自己眼光好，收的徒弟個個會煉器嗎？

「不過如果真的學不會煉器也沒關係，看他是要當個實力高高強的魂師、還是實力揍翻高高手的武師，都是可以的。」樓烈大手一揮，非常豪氣地說道。

看他多開明，要學什麼完全讓徒弟自己選。

煉器師、魂師、武師，無論是哪種身分，他都橫行天魂大陸不解釋。

「……」為什麼師父這豪氣的表情，讓人看起來很想扁他一下？

「小玖，妳是我的小徒弟，也會是我最後一個徒弟；入門最晚、年紀最小、實力最弱，看起來，也最沒有潛力。但、是，最合我心意。」

「……」端木玖黑線。

師父這是在嫌棄她還是讚美她呀？

「所以小徒弟，妳要加油，爭取學好煉器，等有朝一日遇到妳兩個師兄，把他們都打趴下。」

「……」汗。

師父你這是多恨師兄呀？連人不在面前都還要替他們拉仇恨值？

「言歸正傳。」樓烈神態嚴肅，「小玖，《煉材的世界》好好背，這是煉器的基本；接下來，妳還要學煉器，要學成為魂師、武師的戰鬥技巧，每天早上要到渡天河抓月銀魚，晚上要修練聚靈，做得到嗎？」

「做得到。」她毫不猶豫就點頭。

為了……金幣（學好煉器＝金幣滾滾來），她可以拿出當年拚大考——呃，這個比喻不恰當，她是被搶著直升保送的，沒經歷過大考。拿出當年做研究的精神，不達目的不罷休的態度，來學習。

「很好。」樓烈對她毫不猶豫的態度很滿意。

幸好不知道小徒弟後面那句心理活動，不過肯定要痛心疾首小徒弟的沒出息！金幣算什麼？晶石才是有錢！

之後每天背煉材、背煉器要點、打架、抓魚，偶爾還採採花、採採果，採一些能用來煮東西的食材，但就是沒煉器。

結果師父一讓她煉器，就要至少三星的魂器。

「小狐狸，師父怎麼知道我有焱呢？」端木玖一邊挑煉材，一邊低聲咕噥。

這個時候小狐狸和焱已經一隻一邊，各自霸占她一邊肩膀。

「**他不知道。**」

「他不知道?!」那火的問題——

「他看中的，是我的火。」

「你？」

「就算我只是隻普通的火狐狸，天賦的火焰，至少也是地火。」

有牠在，樓烈根本完全不擔心端木玖有沒有火的問題。

「師父不知道我們有契約吧？」好吧，又想到那個詭異的「伴侶契約」……

「不知道。」

牠啟動的契約，除非和牠有相同的血脈傳承，否則根本不會知道。

「不契約，也可以使用魔獸的火焰嗎？」端木玖很認真地問。

雖然十五年來，北叔叔告訴她很多事，這半個月來師父也教了很多，但是對於魂師和許多天魂大陸上的基本知識，她還是屬於「小白」那類。

這真是個令人摀臉都止不住悲傷的事實。

不過知道就是知道，不知道就是不知道，面對小狐狸，端木玖理直氣壯的——不恥下問了。

當小白，總比不懂裝懂、結果還是什麼都不懂的大白來得好一點。

「當然不行。」

魔獸看到人類，打都來不及，哪會心甘情願把火借給人類？

「那……」

「那個老頭，大概認為我一定會和妳契約。」

雖然不是主僕契約，但是那老頭，也算猜對了。

「老頭？」師父到現在還是一團黑黑，如果要判斷年紀，她還真的判斷不出來呀。

「老頭。」

牠很肯定。

「小狐狸，你看得出師父的年紀？」端木玖很感興趣地問。

誰教師父把臉藏得那麼緊，都不露出來。

黑乎乎的師父雖然很有個人風格，但是不知道師父長怎樣、什麼年紀，也會讓當徒弟的有點心塞好嗎？

「大概。」

「那師父幾歲了？」

「他……」小狐狸忽然反問：「妳覺得幾歲以上算是年紀很大？」

「這個嘛……」想到這個修練到天階就可以有超過五百歲壽命的世界，端木玖不由得放寬、再放寬標準。「一千歲？」

「他超過。」

這個標準會不會太寬？

小狐狸的回答好迅速。

「哇……」端木玖讚嘆一聲。

「……」這個讚嘆代表什麼意思，小狐狸不太感覺得出來。

「原來師父比我父親、祖父、曾祖父、曾曾祖父、曾曾曾祖父……的年紀都大耶……」這個音量，附近三丈以內的人都聽得見。

「……」然後？

「有點老……哦！」頭被敲了一下。

端木玖哀怨地回過頭。

就見一個黑乎乎的人不知道什麼時候又跑回來了。

「嫌妳師父老？」樓烈的語氣，似笑非笑，牙齒白白。

「師父，做人要面對事實呀。」不能因為不想老就不承認自己老呀。

「小徒弟，妳想知道上一個說妳師父我『老』的人去哪裡了嗎？」師父的語氣有點陰惻惻。

「……不太想知道。」做人還是要有危機意識的。

「那妳師父我，『老』嗎？」

「老。」她非常誠實的，點點頭。

「……」小徒弟非常不會看臉色，當師父的很心塞，該怎麼辦？

「啾！」

焱跳上端木玖頭頂，翅膀指著黑乎乎的人，就是一陣——

「啾啾啾啾啾！」

你是誰敢打玖玖焱要代表天道代替巫石懲罰你！

「呼——」一陣火就噴出去了。

樓烈對危險的本能反應快於腦袋思考，及時跳開，閃過了一團火，安然無恙。

就是可憐了地上被火燒的草皮……

小狐狸瞄了眼草皮，再看著焱，然後，搖搖頭。

搖頭的動作正好被焱看見了。

焱炸毛！

「啾啾啾！」壞狐狸搖什麼頭！要幫玖玖打壞蛋！

焱對樓烈的第一眼印象：敲了玖玖的頭一下。

是壞人！

鑑定無誤。

小狐狸想了想，有道理，於是跳上端木玖的肩，抬起前腳凌空一揮。

一道火焰凌空而下，刷向樓烈。

樓烈眼神一凜，立刻閃開。

「喂——」

見他躲過，焱又一道火噴過去。

樓烈只好再閃，免得第二次變捲毛。一直跑著閃躲火焰的同時不忘喊——

「你們兩個，停！」

才不停！

小狐狸和焱有志一同，你刷一把火、我呼一把火，你一下、我一下，放火放得不亦樂乎。

端木玖看著一直被火燒的草皮，簡直要為草皮掬一把同情淚。

什麼叫「無妄之災」呀？這就是。

神仙打架，燒掉草皮。

可憐的草皮，從綠油油、變黑焦焦。

一點世外之境的美感都沒有了。

「小徒弟，不要看戲，快叫他們兩隻停火！」都什麼時候了還同情草皮，先同情妳家師父我啦！

「焱，小狐狸。」端木玖一手摸一隻安撫，忍住笑。

師父雖然沒有被燒到，但是衣服和頭髮還是難免被燒到一點、被火燻到，這形象……真是黑乎乎的不能再黑乎乎了。

咦？被火熏……她看向焱。

「啾。」

焱回給玖玖一抹很無辜的笑。

端木玖再看看師父，為了師父的面子——還是忍住笑。

焱這也算——火下留情了，放的火沒有燒傷師父的意思，只是幫師父做個「曬黑」的整容而已。

「焱，不可以無禮喲！」至於已經無禮過的事，做了就做了，不用在意。

「啾。」沒有無禮。

「他是我師父，不是壞人。」雖然偶爾有點黑心。

「啾啾？」師父？

「對，師父。」

焱考慮了一下。

「啾啾。」好吧，下次不燒他。

但是如果再打玖玖，偷偷放火也是可以的，不要被玖玖看見——焱心裡暗暗想道。

搞定一個，換另一個——

「小狐狸，你怎麼也跟著湊熱鬧？」

「他打妳。」

呃……

「師父只是開玩笑。」

「**我也沒有真正燒到他。**」

當然，如果樓烈跑得慢一點被火燒到了，只能說，誰教他跑得慢？

端木玖無語。

小狐狸太有個性，她都不知道說什麼好了。

「他是我的師父，雖然平時可以開玩笑、沒大沒小，可是尊師重道還是要的，對師父，容忍度要大一點，好嗎？」

小狐狸考慮了一下。

「好吧。」

以後要再燒他，就兩次火之間多停一秒，讓他不用跑得那麼累——小狐狸心裡決定。

兩隻被阻止放火的傢伙，心裡暗搓搓的反應竟然無比相像！

端木玖雖然下意識覺得有點怪怪的，但是對這兩隻勸了就停的表現還是滿意的。很好，搞定兩隻。

「你們兩個，說定了，不能再燒師父囉！」不放心地再交代一次。

「啾。」嗯。

「嗯。」

焱和小狐狸，隔空對看一眼，又各自嫌棄撇開眼。

哼！

剛才的同仇敵愾消失，這兩隻繼續看對方不順眼。

「……」這是沒有外患，就內亂？

端木玖覺得有點憂傷。

自從有了很難懂的小狐狸之後，本來很單純的焱也變得很難懂了。唉。

這時候確定自己不會再被火燒，樓烈走近一點。

「師父，你還好嗎？」

看起來……就是又燒捲了一點頭髮，加燒破了一點衣服，應該沒受傷。

「沒事。」樓烈不以為意。

「師父，他們……只是怕我被欺負，才會反射性就反擊，不是故意的。」端木玖解釋。

總覺得有點對不起師父啊。

「沒關係。」樓烈並不介意有獸護著自家小徒弟。

似笑非笑地看了小狐狸一眼，他可以肯定，這隻小狐狸絕對不是那種普通的火狐狸魔獸，牠身上的血脈，應該更高等。

至於這隻小鳥……

「嗯？」不對，不是小鳥，它——「火元素……精靈?!」

第二十七章　五星魂器．硫金

樓烈震驚。

「？」端木玖一臉問號。

「啾？」焱跟著玖玖，一臉問號。

「……」小狐狸瞇了瞇眼，趴在她肩上，一副準備睡覺的模樣。

樓烈就這麼看著這三個的反應，前面兩個很整齊，最後這個——真是破壞隊形。

不過，現在讓樓烈最感興趣的是焱。

他眼神亮晶晶地直盯著焱。

「火元素精靈……」真正的傳說中的傳說中的傳說中的東西啊！

他活這麼久——不對，是他有生以來，跑過這麼多——地方以來，第一次真正看見元素的靈智體。

真的是太、感、動、了！

樓烈火熱又感動又欣賞的目光看在焱眼裡，就覺得怪怪的了。

它立刻轉向端木玖，全身金紅色的毛一炸一炸的。

「啾。啾！」玖玖，他不懷好意。

「沒事，師父只是覺得——你太稀奇，他要多看幾眼。」師父，你的眼光收斂點兒！

「啾！」不要他看！

端木玖只好拍拍它。

「師父，焱要生氣了，你不要再盯著它看了。」

「真的太稀奇了，多看幾眼。」尤其，焱是火啊！簡直就是煉器師的最愛，沒有之一！

想到這裡，樓烈又看著小徒弟，一副很滿意、很欣慰、又很得意的語氣——

「為師果然沒有看錯，妳果然很適合當煉器師；我的眼光就是好啊！」樓烈哈哈大笑。

「……」師父，你自吹自擂的，好像老王啊！

還有，雖然你笑的姿勢很瀟灑，但是配上黑黑破破的衣服、跟一張黑乎乎的臉外加半頭捲毛，怎麼看都不像瀟灑像傻瓜啊！

樓烈笑完，立刻問——

「小玖，想好煉製什麼了嗎？」

「第一件想好了。」

「那就先挑好煉材吧。」

樓烈在一邊看著。

看到小徒弟挑了煉材，分成兩堆，其中一部分是他剛才給的，大部分是她自己的。其中還有岩火石——想到不久前岩火山剛爆發，小徒弟有岩火石不奇怪。

但是，那漆黑如墨、又細如雪花的，小小的一堆砂是什麼？

他沒看錯？

「小玖，那一堆——黑雪礦?!」瞪視著那堆黑砂，樓烈問道。

「是黑雪礦。」她淡定地點頭。

「是在岩漿中焚燒，至少十萬年才能成形的——黑雪礦。」他再確認一遍。

「咦，要十萬年才能成型？」端木玖驚訝，這麼久！

「《煉材的世界》，第一百類第一項，去給我好好看一看。」樓烈丟了一句話給小徒弟。

「哦。」她才背到第九十類呀。

端木玖乖乖把那本厚重的《煉材的世界》拿出來，點到第一百類、第一頁，開始認真記。

樓烈則把那堆砂拿起來細看。

遠看如砂、近看如雪，摸起來觸感如粉末，色澤漆黑，卻有種透亮感，在光線的照射下，折射出如七彩般的虹芒。

這真的是黑雪礦。

「小玖，這些妳從哪裡得到的？」

「掉進岩火山底，正好跌到黑雪礦的地面上，我就挖了很多帶出來了。」她老實地回道，同時記完內容，把書收回去。

「妳掉進火山底，然後安然無恙地出來了？」

「嗯。」

「岩火山底有黑雪礦的地面？」

「很深很深的地方才是。」當初她和小狐狸是一掉再掉，掉到都可以睡著還沒到底，可見得有多深。

樓烈想了想。

「不對，岩火山的存在，應該不到十萬年；而且黑雪礦的產生，除了要時間、還需要溫……」突然看到焱。

樓烈想到一種可能性。

「小玖，妳該不會是在岩火山的地底，發現焱的吧？」

「呃……是呀。」從結果上來說，她是在岩火山底和焱相遇的。

「這就說得通了。」樓烈明白了。「這個黑雪礦，應該是火元素精靈的伴生礦。」因為火元素精靈的存在，才會打破黑雪礦原有的規則，導致黑雪礦的提早生成。小徒弟，很幸運啊！

「煉製黑雪礦，很要求火焰的品質，不過有『焱』在，熔煉不成問題；如果準備好了，就開始煉製吧！」

「好。」端木玖一點頭，小狐狸主動跳到一旁。

樓烈也退到一邊，方向與小狐狸所在的地方相對，一方面警戒四周，一方面便於觀看。

他等不及想看看由焱煉製、加入少量黑雪礦為煉材所煉出的魂器，會是什麼樣的魂器了！

◇

端木玖盤坐了下來，焱依然在她肩上。

定下心神後，她右手一揮。

淡淡的金紅色火焰，憑空浮現，並且火焰均勻。

端木玖第一熔煉的，就是黑雪礦。

看到這裡，樓烈一愣，突然想起一件很重要的事。

他的小徒弟，竟然沒有煉器用的煉器爐?!

但是現在他也不能開口。

煉器不能分心，和修練突破時一樣，最忌被打斷；樓烈只好忍住。

但是端木玖一直控制得很好，一手虛扶著火焰，在花了兩個時辰熔煉黑雪礦後，岩火石、晶石、獸晶……等等十幾種煉材，連一小塊隱息礦都用上，一種接一種，間隔不同的時間，分量不等、有條不紊地投入火焰中。

一個時辰、兩個時辰、三個時辰……當時間一分一秒過去，樓烈的神色，也愈來愈驚訝。

這樣也可以熔煉?!

他家小徒弟的魂力，竟然可以支撐這麼久?!

這不合理！

從正午前、到暮色漸漸染上天塹森林，全部的煉材已經熔成液狀，逐漸凝結在一起。

現在，就等凝形。

其中，端木玖變化了一些手勢、閉上眼冥想著魂器的外型。樓烈眼神一亮，雖然沒有看懂，但是手勢之間，卻有一種奇特的……韻律，樓烈說不出來，但是看得更仔細了。

終於，手勢停止。

熔煉的中心，卻被一陣金紅色的光芒籠罩，愈來愈亮！

終於在入夜時，金紅色的光芒形成一道光波，頓時散向四周。

端木玖同時收火，這才張開眼，臉色有些蒼白，額間微微冒著細汗，輕吁出口氣。

一把六寸長的金色手槍漸漸成形，一體流線、毫無接縫，雖然是金色，卻不顯奪人目光的金光閃閃，反而低調地流動著暗金色的光芒，不醒目，卻又讓人一見就難以移開目光。

在剛成型的槍身上，同時浮動著魂器星位。

堅固、隱息、加速、聚靈占了兩星位，一共五星位。

「竟然是五星。」樓烈目瞪口呆。

五星魂器！

沒有任何雞肋功能。

「噗！哈哈哈哈哈……」樓烈驀然哈哈大笑。

他家小徒弟，只是一星魂師。

魂師中最末等、最微不足道的，一星魂師！

第一次煉製魂器，就成了五星魂器師！

他家小徒弟，才十五歲呀……哇哈哈哈哈。

樓烈大笑不止，焱是覺得他更怪了，在端木玖的肩上後退一小步，然後整隻鳥貼在玖玖的頸邊。

「啾。啾。」玖玖，他「起笑」了。

「噗！」端木玖差點笑出來，連忙鎮定，「咳，焱，師父這是高興，高興得說不出話，所以笑不停。」

「啾。」他好奇怪。

「雖然奇怪了點兒，不過他是個好師父。」

「……啾。」好吧，對玖玖好，焱忍耐。

小狐狸也跳回她另一邊肩上，收攏前腿，就趴在她肩上，閉著眼休息。

端木玖摸了摸牠，然後才伸出手，金色手槍自然飛到她手上。

一握槍，她就感覺到槍身傳來的能量。

無論是槍身的堅固度、武器本身所能發出的攻擊力，跟之前煉製的普通手槍，差別有如天與地。

當然，在這裡沒有子彈，端木玖以兩星聚靈代替彈匣的位置，所射出的攻擊，將是靈力凝成的能量；靈力不絕，則攻擊不盡。

不過在還沒有認主之前，即使是煉器師本人，也無法使用這把手槍。

小狐狸跳到她手臂上，輕盈得彷彿沒有重量，一點都沒有壓到玖玖，然後觀察著這只奇怪的武器。

「和妳之前用的一樣。」看了一會兒後，小狐狸說道。

他們初相見時，她射出的那一槍，牠印象非常深刻。

「嗯，我習慣用這個。」雖然古武她有學、冷兵器也會用，不過她最熟悉的，還是自己設計出的武器啊！

「這是什麼？」

「這個，是槍。」

「槍？」樓烈終於笑完，心情舒暢；然後就聽到小徒弟的話，一臉懷疑。

這是槍？

槍——不是應該有長長的棍身、一頭尖尖的嗎？

這不但不長，還短得只有七寸，沒有尖尖的刺，只有一柄握把。怎麼看都跟「槍」沒有一枚金幣的關係。

「……」端木玖汗。

該怎麼跟沒接觸過熱武器的異世界人類解釋手槍？可以跳過這問題嗎？

但是師父和小狐狸都很認真地看著她。

焱忍不住叫了一聲——

「啾。」就是手槍。

焱的話沒人懂，而且這句解釋有說跟沒有說是一樣的啊！

「以射擊為攻擊手段，拿在手上，會瞄準就可以用的，手槍。」就算是硬拗，她也是解釋出來了。

至於什麼原理什麼由來，前生的槍枝文化演進就不用在這裡普及了。

不過這種說法，樓烈和小狐狸竟然都接受了。

「很貼切。」

「我看看。」樓烈伸出手，接過端木玖遞來的手槍。

雖然不知道確切威力，但就外型而言，她已經具備一流魂器師的標準。

別以為魂器師只要會煉器，煉出什麼樣子的器都沒關係。那是錯！

再高星位的魂器，如果有一個很醜、很不好使用的外型，一樣會讓人很嫌棄的。如何運用魂力、如何控制火焰，熔煉各種材料，煉製出完美的魂器，找到一個屬於自己的方法，便是煉器師的修行。

這個道理現在說著，聽起來不像是什麼重要的事。然而在將來，當修階真正提升到高度，接觸到更高層面的修行，人們才會知道，真正的煉器師，並不只是會煉器而已。

不過，看來這一點，小徒弟不用他擔心了。就算小徒弟的實力還很弱，但是她的煉器手法，卻已經有了一種旁人無法企及的玄妙。

小徒弟的天分，真的很高啊……呵呵呵……

「呵哈哈哈……」想到這一點，樓烈又忍不住笑了起來。

焱又退了一點點，還告訴玖玖——

「啾，啾。」愛護生命，遠離「起笑」。

「焱，我覺得師父不是『起笑』，應該是想到可能會看到某種讓人變臉、讓師父很高興的畫面，所以忍不住自己就先樂起來。」很嚴肅的口吻。

雖然這行為看起來很傻，不過師父自己要先偷著樂，身為徒弟的端木玖也不能反對是不是？

「啾？」是這樣嗎？

「是。」端木玖點頭。

「小徒弟，說師父壞話是不對的。」樓烈幽幽地說。

別以為他在笑就沒注意小徒弟在說什麼。

那個「啾啾啾」他是聽不懂，可是由小徒弟的話來猜他們對話的內容那可太容易了。

「師父，我沒有在說你壞話。」端木玖理直氣壯，一點都沒有被抓包的心虛。

「妳在心裡偷偷覺得師父很樂的模樣看起來很傻。」哼，她一點都沒有掩飾的表情，以為他看不出來嗎？

「師父眼睛真利。」讚嘆，鼓鼓掌。

「……」這樣還教訓得下去嗎？

「師父，讓你偷著樂的人是誰呀？」端木玖好奇地問。

雖然師父一直黑乎乎，不過相處半個月，她也大概了解師父的性格了。

率性、自負、我行我素、護短、誠信。

綜合來說，缺點跟優點一樣多。

不過，她喜歡師父不受拘束的行事風格和有點腹黑的性格。

「什麼偷著樂，聽起來一點氣質也沒有。」他很光明正大的好嗎？

「師父，讓你一想到就狂笑的人是誰？」端木玖立刻修改用詞。

樓烈無語。

「這一句有比上一句好嗎？」小徒弟妳的大陸用語要回去重讀！

好吧，她不介意再修改一遍。

「師父，什麼事讓你一想到就哈哈大笑、哈哈大笑個不停？」

「……」為什麼這句話聽起來好傻？

「師父？」師父在發呆耶！

端木玖眨了下眼，一臉好奇又無辜。

「小徒弟。」樓烈很語重心長地喚了一聲。

「是。」很認真地回應，只差沒立正站好。

「我是妳師父，妳不能用帥氣、瀟灑一點的形容詞來問我問題嗎？」

「這個嘛，那我再想想……」

「不用了，我怕妳再想下去，為師會先倒地不起。來，妳的手槍，先還妳，要取名字嗎？」樓烈先把手槍還給她。

「師父取一個。」

「嗯。」樓烈再看了一眼。「就叫『琉金』吧！」

「師父，你取的名字真好聽。」端木玖一臉崇拜。

「所以，妳要多讀書，以後就可以想出又好聽又有氣質的形容詞了。」樓烈趁機說道。

「是，我會多讀書。」師父你對那些聽起來又傻又沒氣質的形容詞到底是有多怨念？

「好，現在妳先去做晚餐，我們再來討論妳煉製的『硫金』。」

◈

夜色深深。

渡天河旁，一盞營火搖曳。

淡淡的茶香，混著濃濃的酒香，飄散在低低起霧的渡天河上。

吃完豐盛的晚餐，又調息過，端木玖捧著茶慢慢地喝。

夜晚的天塹森林氣溫比較低，最適合捧著熱茶喝了。當然，順便也給了小狐狸一杯。

至於那個酒，當然是樓烈專用。

「小徒弟，妳對自己煉製的『硫金』，滿意嗎？」

「到目前為止，滿意。」

「滿意？」樓烈一挑眉——雖然黑乎乎的臉看不出挑眉的動作，只大概看出他眼角動了一下。

「師父，一個煉器師如果對自己煉製出的物品不能覺得滿意，怎麼公開給別人看？」這是她的自傲。

「不過，滿意也是看程度的，對現在的我來說，能煉製出『硫金』，已經是極限了。」

「哦？」小徒弟也知道自己的短處？

「『硫金』能有五星位，除了材料夠好，也因為有焱的緣故。我的魂力，反而是最微不足道的。」在煉製的過程中，端木玖的感受最深刻。

雖然每一種材料她都熔煉了，而且在凝煉成型的過程中，也沒有浪費任何一種材料。

但是論各種材料混合時凝煉的程度，並沒有達到最佳。

這其中不熟練是一個原因，對煉材的掌握度不夠也是一個原因，還有就是，她的魂力不足。

這個不足，有支撐不住煉製的長時間，也有在控火上應用的不足，還有無法支撐將材料融合得更好的不足。

其實天魂大陸上煉器的方法，與她巫氏的傳承有相通之處，所以她能很快運用。

但是實力——

「小徒弟，妳真的很聰明。」最重要的，是連對自己的評價都很客觀，完全沒有因為自己好或不好，就自大狂妄或是心虛掩飾。

這種心性，就是當年的……也有所不及呀！

「我的眼光真的很好啊！」哈哈哈。

樓烈又自己樂起來了。

端木玖已經很習慣師父不時抽風的表現了，所以就抱著小狐狸一下、一下地撫著，等師父自己笑完，恢復正常。

至於焱，被她放回巫石空間裡睡覺了。

唔……好像還少了什麼……啊！

「師父，黑大呢？」師父竟然把人——不對，是把蛇帶出去沒有帶回來！

她竟然到現在才想到黑大，實在是太失職了，她懺悔……三秒鐘。

「放心，我派牠盯著一些人，該回來時，牠就會回來了。」樓烈一點都不擔心。

盯著人？

「師父，你該不會是……派黑大去盯著三大家族那些人了吧？」

「沒錯。」樓烈點點頭。

「盯著他們做什麼？」

「看看他們到底想搞什麼鬼，有閒的話，就順便去搶一下他們的目標，或是擾亂一下。」

總之，怎麼讓他們氣跳跳就怎麼來。

「……師父，這樣不會太惡趣味嗎？」專門讓人心塞啊！

「他們為了一條線搞得為師不能好好釣魚、悠閒地在渡天河裡飄來飄去，為師當然要討回被破壞心情的帳。」

「……」太強大的理由，端木玖完全無言以對。但心裡還是有點腹誹的：還飄來飄去咧，師父，你當浮屍還當上癮了啊！

「好了，他們不值得我們浪費時間談論，還是來說『硫金』。」樓烈頓了頓語氣。「妳能煉製出『硫金』，為師很驚訝。以妳一星魂師、十五歲的稚齡、第一次煉製魂器，就能煉出五星魂器，要是讓別人知道了，絕對會讚妳一聲『天才』。但是這種名聲，妳大概不稀罕吧？」

端木玖點點頭。嗯嗯，不稀罕。

「妳的缺點，妳自己也發現了，為師很高興，妳沒有因為煉製出五星魂器就被得意沖昏頭，這也代表妳心性很沉穩。」

雖然樓烈也會好奇，怎麼一個傻了十五年的小娃娃，卻在剛恢復神智不久就變得這麼聰明穩重？不過這世上最不缺的就是奇人軼事，遇到這種事，樓烈也不會刻意追根究柢。

但對自家小徒弟，他就要多提醒幾句——

「『硫金』很好。無論是星位或是功能，都沒有任何可挑剔之處。

「但其實，如果妳能真正融合所有的材料，『硫金』就可以更好。

「雖然有材料、有火焰、有魂力，就能煉器，但真正要成為高星位的煉器師，也必然要擁有相應的魂階。妳能煉製五星魂器，雖然魂師等級不足，但是妳的武師等級，一定有達到天階的實力。

「小玖，對魂師而言，魂力在於修練、在於實力，但對煉器師來說，更在於精神力；也可以說，是妳的意念。

「在煉器的過程中，火焰的火候、大小、範圍，全隨自己的意願而動，這種控制，就是精神力的應用。

「雖然妳的精神力很強，但是妳的魂力不足，即使有天階的等級，卻無法發揮真正天階的實力。

「所以小玖，在提升妳的煉器等級之前，妳要先把魂師等級提升上來，以免再發生和這次同樣的情形。」

從鍛鍊她魂師技巧和武師實力的時候，樓烈就看出來，自家小徒弟對實力的提高沒有太用心。

不是她沒認真學習，事實上，從對魔獸的對戰中，她一路從五、六星魔獸打到聖獸，完全沒難度，可見得她學得多快多好。

但偏偏，她卻沒有變強的那種強烈企圖心。

這看在樓烈眼裡，簡直是浪費天分啊！

樓烈同時也看出來了，自家小徒弟……就是有點「懶」啊。

只對自己有興趣的事，才看得出她真的在學習、在鑽研；但對於沒興趣的事，就是學好，就好了。

這種懶散，看得樓烈都想把小徒弟抓來搖一搖、抖一抖，看能不能振奮她的精神了。

要努力提升魂階啊小徒弟！

「我知道了，師父。」端木玖很虛心地接受師父的建議，知道師父看出她的「偷懶」了。

「也許提升實力、成為別人眼中可望而不可即的高手不是妳追求的目標，但是在這個世上，沒有實力，就什麼都沒有資格爭取、也沒有人會聽妳的要求、對妳講究公平，這是事實，也是現實。」

小徒弟想推翻家族的決定，以現階段來看……還有點難。

當然，如果把小徒弟五星魂器師的能力亮出來，端木家族絕對不會讓一個五星魂器師嫁去別家的。

但是這樣一來，小徒弟，就要成為家族的專用魂器師了呢！

小玖一定不想要這樣的結果吧！

「師父，你知道端木家族的事？」端木玖很訝異。

她什麼都沒說呢！

「妳是我的小徒弟，妳的事，我當然要知道一些。」所以，這半個月來，當她在煮東西的時候，他都去旁聽消息了。

因此，對於他的小徒弟，樓烈很有一番公眾的認知——雖然都是過時的。

小玖，真是歐陽和公孫兩家拿來笑話端木家族的好話題啊！

這種萬年老二跟老三終於找到萬年老大不如自己的弱點，怎麼能不用力多說幾遍來平衡萬年當老二和老三的心酸？

這心態，嘖……

除此之外，樓烈也聽到一堆八卦，連隱密得不想讓別人家知道的事，也聽到不少。當然，小徒弟有婚約的事，他也知道了。

「小玖，妳回帝都，是打算要嫁人了嗎？」這一定要問。

「當然不是。」

「這還差不多。」樓烈滿意。

「師父，你反對我嫁人？」

「當然反對。第一，陰家算個什麼鬼，敢打我徒弟的主意，簡直欠教訓?!」這個重點是，打他徒弟的主意的人都欠扁。「第二，妳還沒修練到神階，為師不准妳嫁人。」

「師父，我聽說陰家很努力要擠上大陸一流家族耶！還有人說，三大家族與皇室分占天魂大陸一片天的格局即將改變，以後會是五分大陸。」當然，這個傳聞流傳的範圍不大，但是仲大叔還是特別把它列出來了，以表示陰家很有野心、也很有手段。

也是提醒北御前，端木家族既然答應了陰家的求親，他和小玖要拒絕這個婚約，只怕會更困難。

「陰家嘛……」樓烈一手搓著下巴，思考了一下。「論實力、論家族底蘊，還追不上三大家族，不過陰家煉器師多，又不惜成本訓練家族子弟、提升實力，在必要的時候又捨得下臉面先依附別的家族，有野心又有手段——小徒弟，不要小看他們比較好。」

「小人比壞人難對付？」端木玖立刻說道。

「沒錯。」樓烈滿意地點頭，小徒弟孺子可教。

「師父，那為什麼要修練到神階才能嫁人？」純粹是好奇。

「沒有神階，實力太差。」

「……」依師父這種標準，全大陸的人都實力差。

她家師父是不是忘了，神階，已經是天魂大陸上最高的存在，根本沒幾個人能達到啊！

「總之，神階之後，妳可以隨意，但神階之前，不能成婚；這一點是規矩，身為我樓烈的徒弟，就要遵守，懂嗎？」樓烈很堅持要求這一點。

「懂。」端木玖點點頭，但是有點不滿：「師父，不公平！」

「不公平什麼？」

「你偷偷去打聽我，我都還沒有機會偷偷打聽師父的消息耶！有我這樣連師父長相都不知道的徒弟嗎？」

樓烈一聽，哭笑不得。

「妳就那麼好奇為師的長相？」

「當然啊！」無論是帥哥還是老頭還是別的什麼，都比一個「黑乎乎的師父」來得體面吧！

「為什麼？」

「為了避免以後見到師父根本認不出來的丟人狀況，搞清楚師父的長相是很有必要的。」振振有辭。

「嗯……有道理。」樓烈想了想，認同地點點頭。

「所以師父，快去換造型！」

「現在不適合。」樓烈搖頭。

「為什麼？」

「這裡沒有觀眾。」認真。

「嘎？」

「沒有觀眾，怎麼顯現出妳師父我的身價和魅力？」

「……」師父你是有多自戀啊！

你確定你現在的樣子真有身價和魅力？

但想到師父被追著跑的事實，好——吧，雖然是因為「師父身上的一條線」才被三大家族追著跑，但線是師父的，所以，這種魅力也就算師父的吧！

「小徒弟，妳很不以為然喔？」看她的表情就知道。

懷疑師父的話不是一個好徒弟該有的作為呀，小徒弟懂不？

「嗯，不以為然。」她不是懷疑，是根本不信。

「妳師父我，是一個身型玉樹臨風、氣質瀟灑帥氣、實力高深莫測、充滿個人魅力，不管去到哪裡，只要一現身，完全是人見人愛、花見花開，不知道風靡多少人心、收穫多少崇拜的美男子。」

「……」完全不能意會師父說這句話的心情。

師父你現在的樣子跟你形容的樣子，完全是兩個人好嗎？沒有說服力啊！根本完全看不出來——不對，是連想像都不能。

「不要在心裡偷罵我。」樓烈瞄了她一眼，就知道她一定在偷偷腹誹他。

端木玖抬眼看著師父好一會兒，然後深吸口氣，一臉不忍、有點糾結、最後體諒地對他說——

「師父，好吧，我不看了。」

「不看了？」總覺得小徒弟現在心裡的想法，一定不是他想聽見的那一種。

「嗯，不看了。」端木玖拉拉師父的——破衣袖（自從被焱和小狐狸燒過後，師父還沒換外衣，只換裡衣），很誠懇地說：「師父，你放心，就算你長得黑乎乎的，我也不會嫌棄的。」

樓烈覺得自己腦袋邊的神經，啪地斷了一根。

「嫌棄？」

「不嫌棄。」她很認真地，保證道。

「妳，給我等著！」

咻地，師父一飛，不見了。

第二十八章　黑乎乎的師父大變身

端木玖眨了眨眼，對著小狐狸問——

「師父該不會是氣得不想理我了吧？」

「他長什麼樣，很重要？」

「很重要。」她點頭。

小狐狸沒有出聲，只是等她繼續說下去。

「我想確認一件事。」

師父一直要吃月銀魚、要喝酒，應該是有原因的吧！

端木玖抱起小狐狸，一邊揉亂牠的毛，一邊亂猜，對小狐狸投視過來的哀怨眼光，她賴皮地一笑，繼續揉毛。

小狐狸頓時張嘴，啊。

一口含住她手腕。

端木玖立刻不動了，牠也就張嘴，放開手腕之前，伸出舌頭在她手腕內側舔了一下。

「癢。」她笑著縮了一下，才要繼續揉毛，卻警覺地發現身後有異動。

抱小狐狸、躍起、閃身、回頭——

一道白色身影，同時飛落在她原本身後位置三尺處。

端木玖看著他。

一襲白色束身鎧甲，一件毛皮披風，一頭黑色長髮半紮以白色玉束，俊朗的面容上，表情似笑非笑，神態瀟灑、舉止間自有一股風流意味。

只除了，他的臉色稍微蒼白了一點。

端木玖忽然想到了——

身型玉樹臨風、氣質瀟灑帥氣、實力高深莫測、充滿個人魅力，不管去到哪裡，只要一現身，完全是人見人愛、花見花開，不知道風靡多少人心、收穫多少崇拜的美男子。

聽起來非常自戀的形容，但是，非常貼切！

「師父。」

「怎麼認出來的？」

「直覺。」

樓烈瞪眼，真強大的理由。

「師父，我知道你為什麼要裝黑乎乎的了。」她很認真地說。

「為什麼？」

「你一定是太風流了辜負了很多女人怕被找碴乾脆變裝，然後怕變太帥又惹一堆風流債所以乾脆變黑乎乎，這樣就不會再惹風流債了。」

樓烈：「……」

她就不能想、點、好、事嗎？

「師父，沒關係的，知錯能改，善莫大焉。」以後別亂騙女人就好了。

樓烈瞪她。

「妳覺得為師我會騙女人？」

「是女人會甘願被師父騙。」她修正師父的話。

「這有差別嗎？」

「雖然結果都是被女人追著跑到不得不躲起來，不過起因不一樣嘛。」她無辜地一笑。

「該打。」敲她的頭一下。

「哦！」她低呼一聲。

小狐狸要撲出去，不過被她另一手抱緊緊，沒撲成。

「為師雖然英俊瀟灑、魅力無雙，但為師是很有原則的好嗎？風流是性格，但為師不招惹女、人！記住了。」

「記住了。」她乖乖回道，加一句自己的註解：「意思就是，師父就是那盤讓女人看得到吃不到的菜。」頓了頓，再加一句：「結論，不招惹女人，也是會被女人追著跑的。」

樓烈：「……」

他是做了什麼事讓小徒弟堅持一定要把他和女人扯上關係？

小徒弟才十五歲吧！這樣的事不用太懂！

「師父，雖然你之前的話聽起來很自戀，不過，我想你是有自戀的本錢的。師父，很帥！」還點點頭，以示認同。

「為師很帥不用妳認同，妳少給為師扯上一些不相干的人就行了。」再敲一下小徒弟的頭，樓烈坐了下來。

端木玖也坐下來。

「師父，你的身體，是出了什麼問題嗎？」

「沒事，不用擔心。」樓烈倒了一杯茶，端起來就喝。

小狐狸卻看了看他，再看向端木玖，在她的意識裡說道——

「是詛咒。」

「詛咒?!」端木玖驚訝。

天魂大陸有這種東西?!

樓烈卻看向她，然後再看向小狐狸。

「你……」難道真的是他想的那種魔獸?!

小狐狸繼續對她說：

「這不是天魂大陸有的詛咒。」

「那是哪裡的詛咒？」

「問他吧。」

樓烈看著她、又看看小狐狸，聽到她的話，忽然笑了。

「牠還真的是……」那個呀。「但是牠現在的樣子……」一點都跟那種魔獸扯不上關係啊！

端木玖奇怪地看著師父的反應。

師父喃喃自語的，又在偷著樂了。

有個不時會神遊抽風的師父，當徒弟的要負責把話題帶回來。

「師父，你被人下了什麼詛咒？」

「不用擔心，為師不會有事。」

「不會有事，但是一直要吃月銀魚、要喝酒，沒有的話會發冷……」端木玖想了想。「師父，你該不會中了那種熱了就沒事，不夠熱就發冷到整個人會凍成冰棍的那種詛咒吧？」

樓烈瞪她。

「這種算詛咒嗎？」那是病了吧！

「可是你的症狀是這樣啊……」她完全是根據症狀推測的耶。

樓烈又瞪她。

端木玖笑咪咪地回視。

這就是一副沒得到答案不罷休的模樣，簡直氣煞當師父的。

「小徒弟，當師父不想說的時候，妳要體貼地不追問啊。」這才是好徒弟。

「可是師父，明知道師父有危險，當徒弟的怎麼能不聞不問？而且師父，有問題就要解決，有毛病就要醫治，做人要面對現實，不能因為害羞就不好意思說呀！」這不是好模範呀師父。

樓烈聽得差點滑倒。

誰害羞啦！

亂講！

「師父，你是因為中了詛咒，才要把自己弄得黑乎乎的嗎？」

樓烈很無奈地看著她。

她就是一定要問到底就對了。

「嗯。」他終於點頭。

「可是中了詛咒，為什麼就要把自己弄得黑乎乎？」這有必然的關係嗎？

「毒發很麻煩。」樓烈白了小徒弟一眼。

哦——她懂了。

「師父，原來是因為懶啊！」

因為詛咒發作，又是冰又是汗，整個人會很狼狽。

常常發作，就會常常狼狽。

每發作一次、再整理儀容一次，也太引人注目了；而他最不需要的，就是引人注目。

乾脆就讓自己變得黑乎乎了。

這樣既不會被認出來，也省了不斷整理的麻煩。

再加上後來為了抓魚他要常常下水，在天塹森林裡，太過乾淨整潔也是不合適的，所以，黑乎乎很好。

「這不是懶，是因事制宜，懂不！」小徒弟，誠實的話就不用說得太明白了，知道嗎？

「懂了。」要給師父留一點面子，懶惰的事，就不用多說了。「那師父，你到底被下了什麼詛咒？」

還問?!

小徒弟的好奇心真重。

他怎麼會收一個這麼愛問到底的徒弟——等等，好像三個都這樣，難道是他的眼光不好，才會都收到這種徒弟？

「師——父——」

不要以為發呆裝哀怨就可以不用回答啊！

「別叫魂，妳師父我耳力好得很，聽得見。」收到不懂得看他眼色的徒弟，也是債。他認了。

樓烈攤開手。

「妳想知道，自己找答案。」

意思是讓她自己查。

不過「詛咒」這種東西一向稀有，全天魂大陸聽過的恐怕五根手指都數得完，他不信她真的能知道。

端木玖卻拉過師父一隻手，開始探查。

在巫氏傳承裡，診脈也是基本常識，至於身體裡的問題——

她從脈象找出有異樣的位置，然後以神識探看，只察覺到兩團黑霧，帶著非常濃厚的陰寒氣息。

一團很明顯，在師父的丹田處。黑霧包裹住師父半顆丹田，與丹田裡蓄積的魂力相抗衡。

另一團很隱晦，她不知道位置，卻感覺得到。

因為那團黑霧的惡意，比丹田的那團大多了。

端木玖收回手。

「師父，因為詛咒，所以你一直無法動用魂力，對嗎？」她看過師父出手。

如果只看這一點，一定不會有人猜到師父是魂師。

樓烈卻聽得眉眼微挑，點了點頭。

「對。」

小徒弟還真看出來啦！

「詛咒……是不是有兩個，一個在丹田，一個，我不知道在哪裡，但是感覺得到。」

樓烈笑了。

「妳還真感覺得到？」既然知道了，也就沒什麼好隱瞞的。「另一個，在魔獸空間。」

「魔獸空間？」

「是我的本命魔獸，承受了大部分詛咒的力量，所以……妳才能看到還活蹦亂跳的師父。」

雖然樓烈是笑著說，但是端木玖卻看得到，他眼裡的悲痛。

本命魔獸，對於魂師來說，是同生共死的存在，甚至比親人更親！

是本命魔獸代替師父承受了詛咒的力量，師父才能安好。

這等於是，本命魔獸捨棄了自己的命，換得了師父的平安。

愈高階的魔獸，生命力愈強，師父現在的日子，是他的本命魔獸以消耗生命力才換得的時間。

這麼深重的情分，師父怎麼會不悲痛？

「師父，沒人能解嗎？」

「如果能解，我就不會在這裡了。」樓烈哂然一笑。「不過這裡的月銀魚，卻給我一點驚喜，用月銀魚和酒，可以遏止詛咒的侵蝕力。」

他還沒能找到解除詛咒的辦法，但至少，能讓「牠」的生命力少消耗一點，換取更多時間。

「詛咒……」她總覺得好像在哪裡有看過……對了。

她翻找母親給的儲物戒，找到一卷串起來的白色石簡，連忙拿出來，以神識快速閱讀。

有了！

「蝕魂咒?!」聽起來——好邪惡的感覺。

樓烈卻一愣。

「妳怎麼知道?!」太驚訝到聲音都變了。

「石簡裡寫的。」她指著其中一枚。

樓烈伸手要去拿，石簡卻發出「淅瀝」一聲、閃過一道電光，他的手彷彿觸電一般，立刻縮回。

端木玖愕然。

還通電了?!

但是她拿，沒事呀，完全沒感覺。

「呃……」端木玖很無辜地看著師父，不是她要電師父的，她也不知道怎麼回事。

樓烈卻意味深長地笑了。

「石簡上有禁制，限定了這個石簡，只有某些人能拿、能看。」做這個石簡的人，不簡單。

這石簡，不是他用的那種記錄石，而是特別煉製過的記錄石。

端木玖卻有些明白了。

這石簡，像師父的隱息戒一樣，也用了「禁制」吧！

這麼看來，母親留給她的東西，也不簡單哪！

不簡單，代表有秘密；有秘密，就意味著有一天會爆出來，或是有某些人會找上門。

端木玖默默的有一種，她的生活大概不會太平淡的預感，她可以從現在開始把石簡藏緊緊不要拿出來，讓麻煩遠離她嗎？

看她一臉糾結、很想當成她什麼都沒看到、什麼都不知道、巴不得什麼事都沒發生過的表情，樓烈很沒良心的很想笑。

「小徒弟，做人要面對現實啊。」他拍拍她的肩。

剛才小徒弟勸她的話，馬上就還回去了。

端木玖默默地瞅了師父一眼，內心很認真地考慮，要不要把焱放出來，讓師父「運動」一下。

「石簡裡，有記錄蝕魂咒的解法嗎？」察覺到小徒弟不太善良的眼神，樓烈立刻轉移焦點，趕緊問道。

「有。」

「那妳學會了嗎？」

端木玖秒懂師父的意思。

「可以現學現用，這不難。」

樓烈只注意到她第二句話：這、不、難。

威脅他的命、讓他的本命魔獸耗命硬扛的詛咒，她竟然說不難……

「師父，你沒事吧？」怎麼一副大受打擊的模樣？

「沒事，我很好。」他無力揮揮手。

只是需要時間振作一下，免得想吼老天爺出氣。

不過，詛咒並不是個簡單的東西，小玖竟然說不難，那就是她學起來很容易，那麼，她——樓烈想法一頓。

這裡不是那裡，應該不會……有什麼關聯吧？

而且那個……早就不知去向了……

「師父？」師父又發呆了啊！

「嗯？」樓烈回神。「我沒事，妳繼續說。」

「好。師父，雖然解法不難，但是下咒的人魂力比我高，我沒辦法一下子完全解開。」師父丹田裡的黑霧，可是好大一團呢！

「能解多少算多少，不用強求，但是記得，先保護好妳自己。」只要能解開一點，減少掉一部分咒力，他就能自救。

「我會的，那現在開始嗎？」端木玖問道。

「可以。」樓烈點頭。

「師父，一旦開始解咒，會比詛咒發作時更痛苦，你要忍住，保持清醒，然後配合解咒……」端木玖很仔細地說著該注意的重點。

樓烈一一記著，點點頭。

「我記住了，開始吧！」

「好。」

收回玉簡，端木玖把小狐狸放在一邊，然後一邊調整狀態，一邊想著解咒的手訣與內容。

樓烈與她面對面坐著，同樣調整好狀態。

然後，端木玖抬手，開始拈起指訣，調動魂力，融合焱的火焰，一點一劃，在虛空中連成一道暗金色的咒印，打進樓烈的身體裡。

「唔！」樓烈悶哼一聲，額上開始冒出冷汗。

體內寒氣溢出，外來咒印灼熱入體，一時之間，寒熱交迫，果然……是比詛咒發作還要痛苦。

尖銳的刺痛，凜冽如刀，如削皮挫骨，深入四肢百骸！

灼熱的溫度，熾烈如火，如烈陽焚沙，寸寸銷膚塑骨，再造生機。

樓烈凝神聚魂、保持清醒，配著咒印運用魂力，忍受兩倍咒發的痛苦，一邊暗暗賭咒：報仇不必時限！

等本君好了，那個敢用詛咒暗算他的人，給他洗好脖子等著……

◈

兩個月後。

清晨時分，渡天河上依然籠罩著淡淡的霧氣，四周一片寧靜祥和，只有輕輕的流水聲。

過了一會兒，寧靜的河面突然起了漣漪，一道黑色的長影瞬間竄出河面，連同一條銀色的光芒，飛掠向河岸。

輕「啪」一聲，黑色長影岸邊現形。

一道粉色的身影，抱著一團紅毛，同時從樹間飛落下來。

「主人，抓到了。」

「辛苦了。」

微笑地接過牠口中含著的銀線，挑撿了銀線上十五條月銀魚後，將其他魚放生回河底，然後開始醃魚、烤魚。

不久後，一道白色的修長身影同時來到，等魚烤熟了，就開始吃。

這幾道身影，當然就是樓烈、端木玖、黑大與小狐狸了。

而這幅畫面，跟之前的半個月都一樣，只有兩點不同。

第一點，抓魚的，不是一名可愛的少女，而變成一條長長的大黑蛟了。

而且大黑蛟下去抓魚，沒被白影魚攻擊過。

魔獸的等級差距真是水陸空通用。

第二點，一身黑平平專門等著吃魚的大叔，變成一個白爍爍，帥氣瀟灑的帥哥了。

只不過，白爍爍的帥哥在這兩個月的時間裡，消瘦不少。

所以除了烤月銀魚，端木玖還特地燉了一鍋湯。

湯的配料，除了她自帶的食材，也有她在森林裡找到的一些藥草——雖然天魂大陸沒人吃這些，不過她前世有學過呀。

對師父的身體有好處的。

吃飽喝足，端木玖準備拿出《煉材的世界》翻看，溫故知新一下，樓烈就把小徒弟叫到面前。

「小玖，這兩個月來，辛苦妳了。」

從開始解咒到現在，每隔三天，端木玖就解咒一次。

每一次能祛除的詛咒都不多，但連續下來，還是有成效的。

這期間月銀魚還是每天吃，但樓烈還是消瘦不少。

原因無他。

任誰每三天就來一次全身冰裡凍、火裡煮，都會瘦的。

「可惜能解的還是不多。」端木玖對自己的效率有點不太滿意。

這是她第一次真的覺得，她的魂階真的好低好低啊！

魂力非常不夠用。

「已經夠了，剩下的部分，為師可以自己來。」樓烈卻是很滿意的。

本來詛咒和他的魂力在他身體裡，有如東風與西風，互相對抗的結果，是勉力保持平衡，而他的魂力必須全部用在抵制詛咒的侵襲，並且時時要承擔詛咒發作的危機。

或許他也應該慶幸，他所中的不是那種會立刻奪命的詛咒，否則根本撐不到現在。

小玖所能消除的詛咒力量雖然不多，但是兩個月的量加起來，也足夠讓他的魂力有了餘裕，那他就能以魂力慢慢驅除詛咒。

雖然這麼做的結果，是時間得花很久。

不過只要能驅除詛咒，時間花長一點他不在意！

「這個，就先給妳吧。」樓烈遞給她一本筆記。

這一本筆記，不是用記錄石製成，而是烘乾的皮紙書寫而成，厚度比那本《煉材的世界》薄多了，但是內容卻不少。

「師父，這是？」

「妳很感興趣的，可以應用在煉器上的『禁制』。而我們煉器師，稱之為『陣法』。」樓烈說道。

大多數不懂的人，稱之為「禁制」，以為煉器師對自己煉製的兵器下了什麼古怪手法。

但事實上，這只是煉器時，加入陣法的應用。

「原本，這本筆記應該在妳成為神魂師之後，再交給妳，不過，妳現在就能解咒，差不多，也就可以試著看懂筆記裡的記載，現在先給妳，也就無所謂了。」

「為什麼要等成為神魂師之後？」

她發現師父的標準，好像都是神魂師耶！

神魂師在天魂大陸上已經是頂尖高手了，可是在師父眼裡，好像只是最低標準。

師父的魂階……莫非還更高？

「神階，只是一個開始。」樓烈笑了笑。「這個，是妳以後自然會知道的事，先不用想那麼多。」拍拍她的頭。

端木玖卻看著師父，這次沒有像以前一樣說笑，反而輕聲問道——

「師父，你要離開了，是嗎？」

「不是我，是妳。」樓烈第一次用愛護晚輩的溫柔目光看著她。

雖然剛開始的時候，是看她順眼、她又有天分，然後她開出那種條件，玩笑似地收下這個徒弟。

成為師徒後，兩人的相處模式通常沒大沒小、互相吐槽，但是該教的時候，他教得認真。

她也學得認真。

她對他的尊師，表現在行動上。

如同在煮食上，她不曾讓他動過手；在焱和小狐狸不滿他的時候，她會制止他們噴火的行動。

明知道自己的魂力不足，但卻盡全力為他解咒。

他每三天詛咒發作一次很痛苦。

但她付出的，也是每三天就用盡自己微薄的魂力，然後再努力修練回來。

她什麼都沒有說，他卻知道，這兩個月來，她都以修練代替睡眠，為的就是能及時補回魂力，方便下一次的解咒。

對這個有點刁鑽又有點頑皮的小徒弟，樓烈在不時覺得自己腦抽收徒的同時，也真的將她當成關門弟子，把所有現在能教她的，都全部教了。

「師父，我離開後，你還要繼續留在這裡嗎？」端木玖問道。

「我會再待一段時間，然後離開。」

「去哪裡？」師父中的詛咒還沒解完呢！

「不用擔心我，為師還想看妳名揚大陸。」所以，他比誰都愛惜自己的命，能活著，就絕不會放棄。

「一定要名揚大陸嗎？」端木玖糾結。

人怕出名豬怕肥啊！

名聲大了，麻煩也很多的。

「放心，不用妳做什麼，單是妳成為我的徒弟這件事，就夠妳再一次出名了。」

之前那種出名不算。

「……」師父這麼說，那她之後一定不要隨便報師父的名字。

「小玖，有兩件事，妳要特別注意。」樓烈一臉慎重。

「什麼事？」

「第一件事，關於詛咒，還有這本陣法筆記，不要輕易讓其他人知道。」

端木玖點點頭。

「我知道了，師父。」

「妳不問為什麼？」換樓烈驚訝。

小徒弟不是最好奇，而且「為什麼」一直問不完的嗎？

「北叔叔不願意說的事，我從小被託孤的原因，還有師父，禁制的事本來你也不想說的。這麼多不想說的事，一定很重要，不能輕易讓別人知道。」

當然，這伴隨的，說不定還有危險、還有其他秘密。

猜到了這一點，她也就不會堅持一定要問到底。

不過現在不問，不代表如果有機會從別的地方知道真相，她就不會追根究柢的。

「……」小徒弟突然表現得這麼乖，他真不習慣。

「師父，第二件事呢？」師父又發呆了。

「第二件事，就是當妳遇到妳師兄的時候，記得告訴他們：『師父交代：要好好愛護小師妹。』」做師妹的不用客氣，盡量敲詐師兄們吧！

「……」師父，這麼挖坑給自己的徒弟好像有點不道德呀！

師兄們是做了什麼事才讓師父這麼「惦記」？

「另外，在離開前，妳也有三件事要做。第一件事，記住這段口訣和修練方式。」樓烈很仔細地說一遍。

端木玖只聽一遍，就記下來了。

「這是『御劍訣』，為師當年修理過很多聖階高手用的招。」

「……」師父你這麼說，是提醒徒弟我出去了只要用這招可能會被聖階高手們追著打？

樓烈才不管她一臉糾結，繼續說道——

「怎麼使用怎麼結合在妳自己所用的魂器上，妳可以自己研究，也可以變化、創新。」

「是，師父。」不管，就算會被追著打，好招還是可以用的。

「第二件事，就是——讓黑大成為妳的契約魔獸。」

在一旁的黑大一聽，立刻咻地移動過來，感動汪汪地看著早就認定的自家主人。終於要契約了，好期待好期待——呃，主人肩上的紅團子動了一下。

牠立刻後退一點點，不敢太貼近主人。

但是牠的位置，就保持在主人一抬手，就可以摸到牠的頭的距離，很方便契約的。

樓烈一看，真有點不忍直視。

話說大黑蛟，好歹也是經歷過血脈變異的準神獸，這一副巴不得被契約的模樣，比起兩個月前，簡直有過之而無不及。

傲氣咧？節操呢？

「現在契約，沒關係嗎？」她記得，師父怕引起雷劫吧？

「沒關係，該走的人都走了，就算現在鬧出大動靜，他們也趕不回來了。」樓烈笑得有點像隻老狐狸。

「走了？」

三大家族、傭兵團，都走了?!

「來歷練的、來找神獸的、來冒險做任務的，有了歷練、找不到神獸、任務能做的做了不能做的也做不來，那還留在這裡做什麼？」樓烈挑眉說道。

「師父，你怎麼那麼清楚？」

「主人，我啦！是我每天去打聽的。」黑大連忙說道。

牠當然不是每天閒閒去聽人家壁角，要知道，牠每天要抓魚、撿柴、掃落葉……

也是很忙的好嗎？

不過好歹牠等級高，叫幾隻魔獸去盯著人類的動靜不是什麼難事。

所以那邊發生什麼事，魔獸回來報告，牠就全知道了呀！

然後再告訴主人的師父。

完全變成一隻包打聽。

於是主人的師父就「不用在森林裡到處晃悠也可以知道別人家的事」啦！

「黑大好厲害。」端木玖稱讚道，然後瞄了師父一眼。

師父好奸詐。

為師這是「未雨綢繆」，請稱讚我很精明，謝謝。

端木玖：「……」

師父的自戀症真是沒有救了。

「第二件事，就是把妳的第二件魂器煉製出來。」樓烈還記得這件事。

別以為他在每三天的冰裡凍、火裡煮，體虛氣弱的時候就會忘記盯徒弟的學習進度。他記得很清楚呢！

「……是，師父。」會盯著學生做作業的老師，一定最不受學生歡迎。

師父，這個要改。

「不要偷偷在心裡批評為師。」不要以為她眼神飄得不明顯他不知道她在想什麼啊！

「是，師父。」很誠懇地承認，至於改嘛……

「……」這是承認她真的在腹誹為師啊！

簡直是……不肖的小徒弟弟弟——

「師父，你不可以在心裡偷罵自己的徒弟呀，這是很不慈愛的行為。」師父瞪她瞪得太明顯了啊想當作沒看到都不行。

樓烈再瞪她一下。

「快去契約。」

「是，師父。」

黑大主動把頭伸過來，端木玖將手放上，然後注入魂力。

端木玖的精神力頓時與黑大的精神力相連上，一人一蛟都受到震盪，意識頓時互相連接，兩人的魂力相互影響。

屬於黑大的龐大力量頓時湧入她的身體裡，令她的魂力不斷上升，身上魂師印同時浮現，卻是九角星旋轉、再旋轉後，依然停在——一星?!

樓烈瞪呆了眼。

而黑大同時感覺到一股精神力與自己相連接，同時一小股魂力湧入牠的身體裡，卻霎時像衝破了什麼阻礙，令牠忍不住一陣暈眩。

大大的蛇眼，呈現出蚊香的圈圈狀。

「主人……要睡覺……」

說完，來不及管主人有什麼反應，黑大扭動著身體，扭著扭著，愈變愈小、愈變愈小，然後撲向她。

但是「啪」一聲，中途被抓住了。

黑大無辜的蚊香眼暈暈的。

小狐狸前腳勾著已經縮小到身長不足一尺、體型只有手指一半粗細的黑大，把牠別在小玖的腰帶上，打了個結。

端木玖：「……」

樓烈：「……」

看一隻狐狸抓著一條蛇打結，這畫面——

「黑大這是？」

「魔獸進入沉睡期。等牠睡醒，吸收完力量，就要晉級了。」樓烈說道。所以，雷劈還是會有的，只是慢一點，小徒弟，妳多多準備吧！

端木玖點點頭，明白了，正好小狐狸打完結，還不滿想一腳踩扁牠，同時，小狐狸嫌棄的聲音，在端木玖的意識裡響起——

「竟然進入沉睡期，不能保護妳，太沒用了！」

端木玖：「……」

小狐狸，黑大那麼崇拜你，要是知道你這麼嫌棄牠，會哭的！

第二十九章　行走大陸的道理

半個月後，端木玖站在天塹森林通往中州的出入口。

四周空氣清冷，雖然沒有下雪，地上卻有著稀稀落落的積雪。

依時節推算，現在是冬末，即使夜色褪去，天色漸漸明亮，寒風依然時時凍人。

寂靜無人的道路上，出入的冒險者卻很快多了起來。

來往的人形形色色。

有人步行，有人乘坐馬車，或一人獨行、或是結團成行，也有雇主帶著護衛、家族朋友同行。

天塹森林，屬於西星山脈的一部分，鄰近山脈的區域，地形崎嶇、又不時會有山中的獸類出入，危險性較高，並不適合居住。

但在冒險者出入頻繁的地方，久而久之，卻仍舊自然形成個別的冒險小鎮。

這種小鎮規模不大，鎮上居住的人口數比一般城村少了許多，而且幾乎個個不是武師、就是魂師，民風也比較剽悍。

這種冒險小鎮裡幾乎家家都是商店，收售各種材料、販售冒險所需的器物，也有飯館、酒館等等。

這樣的小鎮，不管白天與黑夜，都是很熱鬧的。

在天塹森林深處離群索居了兩個多月，再加上之前在森林裡歷練的半個月、一路來到的時間，端木玖大概有快四個月沒見到這麼多人了。

此時的她，外罩一件深色的半舊斗篷，大大的帽子、壓低的帽簷，遮住了她的臉。這種形象，在這裡太常見了。

除了個子嬌小一點，她就像其他落單的冒險者一樣，一個人默默往城鎮的方向走。

小狐狸則被她抱著，藏在披風裡。

森林裡有魔獸、各種荊棘、樹林、會刮人的草葉，一身整齊地進去，出來時衣服破破爛爛都不奇怪。

要是進天塹森林一趟，還能光鮮亮麗地出來，那才引人側目。

在傭兵小鎮裡的物價，比一般城鎮至少貴一倍以上；卻因為鄰近天塹森林，無論是店家還是攤販，只要一開店，生意都非常好。

在小鎮的中央街道上，沿路走、沿路買，有吃的、有用的，也有純觀賞的，像淘寶一樣。

用的可以暫時跳過，目標還是在於看跟吃。

一邊走，一邊低聲問小狐狸——

「麵包？」

「太硬。」

「肉包？」

「膩。」

「肉乾。」

「……嗯。」

那買了。

小狐狸再加一句——

「每一種都要。」

於是，牛、豬、羊、雞……攤位上有的，每一種都買。

「糖串。」

「……甜。」

沒有太嫌棄，那還是買了。

「果餅？」

「不要。」

「湯？」

「妳煮。」

「茶？」

「妳煮。」

「飯？」

「妳煮。」

「這樣要煮很多東西。」

「嗯。」

「也要買很多東西。」

「嗯。」

「金幣會不夠用。」

「這個，換金幣。」

端木玖低頭，就看見手上一顆中品晶石。

「你怎麼有這個？」

「看妳找材料的時候，突然想起來，我有。」

「很多？」

「嗯。」

端木玖：「……」

原來小狐狸才是土豪！她太「貧窮」了！

「那……逛逛食料店好了。」

這個小狐狸完全沒意見，也沒有發言權。

因為吃的都不是牠在做啊！

所以這個不用問了，端木玖直接決定買什麼——不過這裡的食料比西岩城的價格貴三倍以上耶！

所以在還沒把在天塹森林裡打的戰利品賣掉之前，端木玖決定就不大肆採購了，先補一些就好。

但是雖然只補一些，也是花了幾十枚金幣，食料店的老闆收金幣收得嘴巴笑呵呵，巴不得這種客人多來幾個。

從食料店走出來沒多久，端木玖就被一陣香氣吸引了，腳步一轉，停在一個賣魔風兔肉的攤位上，以三枚金幣買了三袋的醃兔肉，終於引起一些在街上遊蕩的人的注意。

傭兵拿金幣出來花也不是什麼稀奇的事，但是從進鎮開始一路買買買到這裡，還繼續花金幣，這讓某些人想不注意也難啊！

魔風兔只是三級魔獸，本身不是什麼厲害的魔獸、攻擊力也不強，只有跑的速度卻特別快。

要抓魔風兔，即使是老練的傭兵也要費一番工夫。

魔風兔本身肉質鮮美軟嫩，適合各種烹調方式，烤得酥脆時，連骨頭也可以吃，算是天塹森林裡的特產，就算價格貴了點兒也值得一吃。

以上，是師父告訴她的。

她的儲物手環裡雖然也有幾十隻魔風兔，但還沒有時間料理啊！先吃一點別人做的也不錯。

趁著攤上客人不多，端木玖順便打聽進城的事。

「大叔，請問一下，這裡離天耀城有多遠？」

天耀城，是中州六大城之一，也是離天塹森林最近的城——地圖上是這麼標示的。

不過地圖上沒有標示到底離多遠，所以現在才需要打聽。

「小姑娘是第一次來這裡吧？」攤販老闆長得人高馬大、虎背熊腰的，但眼神清正；一聽她的問題，就猜道。

「大叔怎麼知道？」

「大叔我是老傭兵了，跑天塹森林作任務幾十年，在這裡開攤子也賣了十幾年，是不是第一次來，我一看就知道。」

「大叔好厲害。」端木玖一臉佩服的表情。

「沒什麼，能住在這裡、在這個小鎮上做生意的人，比我經驗足、比我厲害的多得是，所以小姑娘，妳買賣東西要更小心一點。」財不露白。

大叔低聲提醒一句，就回答她的問題——

「從這裡到天耀城，如果用走的，得走一到兩天；如果用飛的，一般來說半天以內可以到達。」當然，這是天階高手才辦得到的事，有飛行魔獸則例外。「還有一個方法，是付錢搭車隊，一個時辰就可以到。」

「車隊？」

「是商會經營的，專門載人來往天耀城，速度快，安全有保障。」大叔誠心推薦。

「另外，」大約知道周遭的變化，老闆壓低聲音，再度建議道：「小姑娘，傭兵小鎮裡的人來往複雜，什麼樣的人都有，如果只有妳一個人，最好搭車隊走，車資雖然貴了點兒，但比較安全。另外，如果妳有東西想賣，也可以考慮到天耀城之後，再到商會專門收購的店舖販售，價格比較公道。」

傭兵小鎮雖然也有商會的店舖，但在這裡收貨的價格，比較低。

「我知道了，謝謝大叔。」端木玖回給大叔一抹甜甜的笑。

大叔抓抓頭，也笑了。

「這沒什麼，我也是傭兵，現在雖然做生意，不過出門在外，那種人生地不熟的感覺我懂。」

小姑娘一看就是沒什麼經驗的，他只是多說幾句話，說不定就能幫上小姑娘的忙，沒什麼大不了。

「小姑娘，妳要搭車隊的話，往那邊走，那是小鎮的出口之一，搭車的地方就在那裡，妳快去吧！」街上的人愈來愈多了，有不少人已經注意到這邊，老闆暗示地催促道。

落單的冒險者，很危險的。

小姑娘一路買過來，金幣銀幣一直花，也很危險。

「謝謝，大叔再見。」端木玖也感覺到那些不懷好意的目光，一手拿起包好的肉放進儲物手環裡，轉身就朝車隊的方向走。

有人立刻跟了上去。

把臉藏在帽子下的端木玖挑了挑眉，在意識裡說——

「小狐狸，好像有人想打劫呢！」

「找死。」

「小狐狸，我們要斯文一點，不能隨便打架。」

「有人找碴，揍。」

斯文？那是什麼？

牠的傳承裡沒有這兩個字。

「這個，要看狀況。」

端木玖告訴牠——

「打架，如果沒有半點好處，那是浪費力氣，我們應該能省則省；當然如果能事先要到好處，那費點力氣也就沒關係了。就像打劫的人，只要打了劫，就有戰利品啊！冒點危險出點力，就很值得。」

小狐狸一聽，想了一想，自動融會貫通。

「揍完，搶劫。」

「……」噗。

小狐狸舉一反三哪！

是個好主意。

不過現在的話，還是趕路要緊！

端木玖主意一定，突然加快速度，一下子就從來往的人群中消失了。

一直跟著她的幾群人頓時傻眼。

「人咧?!」

「一定去車隊那裡了。」

「那我們快去……」頭頓時被打了一下。

「你傻啦！跟去有什麼用？」就算人在車隊那裡，他們能在那裡打劫嗎？你以為車隊的護衛是擺著好看的啊！

「那、那怎麼辦？」

「怎麼辦？」哼哼。「找下一個目標唄！」

真可惡！煮熟的鴨子飛啦！下一個一定不要跟太久，要立刻動手……

◈

輕鬆擺脫掉「尾巴」的端木玖，很快來到傭兵小鎮東北方。

這裡是主街的街尾，小販稀稀落落，最邊緣，卻有一片空地。

空地上有著一輛列車，連著三節車廂，第一節車廂是箱型式，有座位、有透明窗、防風防雨，前半段設單人座位、左右各一，一列是兩個座位。

每個座位車資：單人座二十枚銀幣，雙人座十五枚銀幣。

第二節車廂是開放式，有座位，車廂上半通風，全部是雙人座位，同樣分列左右邊，一列是四個座位。

每個座位車資：十枚銀幣。

而第三節車箱，是全封閉式，看起來像是裝東西運貨用的。

端木玖到的時間還很早，付了二十枚銀幣，順利得到一個單人位置，她立刻坐了上去。

結果車廂裡有比她更早到的乘客，她坐在左邊第二個位置。

車廂雖然是封閉的，不過兩側封的卻是透明護罩，讓坐在裡頭的人可以看見車外的景致。

坐定了位置後，端木玖才將帽子撥下來，一直被她抱著藏在斗篷下的小狐狸，這時候也探出頭來，看著車廂，再看著外面。

端木玖拿出剛才買的醃兔肉，再拿出一個比手掌還大一點的長形麵包切開，塗了一層醬汁、再加一些配料後，把醃兔肉夾在裡頭，先給小狐狸。

小狐狸一拿到，就用兩隻前腳捧著吃，麵包裡的夾料一點都沒掉出來——真是好吃功。

這副人性化的模樣看起來超可愛，讓人絕對沒辦法聯想牠變成人時，那副冷、酷、炫，不苟言笑的模樣。

端木玖再包一份給自己，才正要吃，就見坐在她前面的男子轉回頭。

「魔風兔的醃兔肉，主街上食料店隔壁一個傭兵大叔賣的？」

男子看起來大約二十多歲，一開口就把醃兔肉的來歷給說出來了。

「你怎麼知道？」不會他正好是那裡的常客吧？

「魔風兔，在傭兵小鎮裡只有那位大叔做的最好吃。」

「那你要不要吃？」端木玖把手上拿著，還沒來得及咬一口的麵包遞向前。

「謝謝。」那男子一點也沒客氣，很順的就接過去吃了。

端木玖眨了下眼。

呃——雖然是她主動給的，但是他也接得好順手。

難不成他特地轉回頭，就是打算要分吃的嗎？

「妳配的料，很好吃。」男子三五口，就把一個麵包肉都吃光了，然後很誠心地稱讚道。

「吃東西，當然就吃好吃的。」端木玖笑咪咪的。

想當初她「剛醒過來」的時候，真是被天魂大陸的廚藝給驚到了，還以為在這裡大家吃的東西就是那樣。

事實上她雖然沒完全猜對，但離真相也不遠矣。

幸好北叔叔煮東西好吃很多，不然她真的要為自己的味覺掬一把同情淚。

出了西岩城，森林裡自己動手就不說了，但來到傭兵小鎮，一路走過來光是聞到的香味，就足夠讓她刷新印象。

天魂大陸上，做得好吃的東西還是有的啊——雖然現在她只發現肉類。

大概因為大陸上傭兵多、魔獸多、凡獸也多，在野外，最方便的食物就地取材，就是烤肉啊！

於是怎麼烤肉最好吃、什麼肉烤起來煮起來最好吃，就這樣進化出來了。

而她的話，讓男子眼神一亮。

「我也這麼覺得。本來兔肉我都吃膩了，但沒想到，妳稍微加點料、再配上麵包，就又讓兔肉變好吃了。」

尤其是，她用的麵包軟軟的，一點都不像一般店鋪賣的麵包那麼厚那麼硬，吃起來更可口。

端木玖一聽，忍著笑問——

「要再吃一個嗎？」

「好！」毫不猶豫。

噗。

難道她是遇上了一名吃貨了嗎？

端木玖再拿出一個麵包，做好就遞給他；當然也沒忘記再做一個給小狐狸——牠已經用眼神刷存在感很久了。

「小姑娘，妳一個人嗎？」男子邊吃邊問。

這次他吃慢一點了，讓小姑娘也有機會吃。

「和牠。」指小狐狸。

男子點點頭，魔獸也算是夥伴，只不過——

「在大陸上行走，只有你們兩個……不太安全。」男子很含蓄地說。

明白一點的話就是：只有小姑娘加一隻小魔獸，還來到這種地方，簡直就是明晃晃在告訴別人——可以來搶我啊！

之前經過主街，在小姑娘進食料店之前的情況，他都看到了。

雖然小姑娘有穿半舊的斗篷遮掩自己，這點很聰明。

但她花錢真是一點都不客氣的，這太招人眼了！

「我是出來歷練的，當然是一個人啊。」端木玖笑咪咪地回道。

「妳一個人，妳家人不擔心嗎？」她看起來，真的……不強啊！

男子很客氣地沒有用「很弱」兩個字。

「那你以前第一次出來歷練的時候，你家人擔心嗎？」端木玖反問。

「擔心。」他點頭。

不過當時他身邊是有護衛的，去的地方也不是天塹森林，比較安全。

「可是再擔心，歷練還是要開始，不能躲，所以，我家叔叔還是放我出來了。」

她笑咪咪的。

男子：「……」

妳家叔叔心好寬。

讓妳一個嬌滴滴的小姑娘一個人跑進天塹森林，竟然就真的答應了，實在是……

「姬隊長，車資我們付了，就先上車了。」一行小隊五人，就要走進第二車廂。

後面卻有人出聲喝止——

「慢著，這輛車隊我們大地傭兵團包了，姬隊長，你應該不會不做這筆生意吧？」

車廂外的聲音傳了進來，端木玖看出去。一小隊人，和一大群人。

男子同樣往車廂外看去，卻皺了下眉。

「葛少團長，貴團願意搭乘敝車隊，姬某很歡迎。不過車廂裡已經有其他客人，這組小隊也已經付了車資，車廂裡還剩下一百六十一個位置，可以全留給貴團乘坐。如果以後少團長有需要，只要提前告訴姬某一聲，要包車隊，自然不是問題。」車隊的隊長微笑地說道。

大地傭兵團的人一聽，頓時不滿了。

站在少團長身後的一名大漢立刻說道——

「姬隊長，我們團有兩百人，你的車隊位置根本不夠，還要我們和其他人一起擠，這是看不起我們傭兵團嗎？」

「葛少團長，車隊有車隊運行的規矩，請原諒。」姬隊長笑笑的，但是說的話只有一個意思。

要搭乘，很歡迎。

要包車，不可能。

大漢眉目一擰。

「你這是敬酒不吃要吃罰酒了?!叫你一聲姬隊長是客氣，你還真以為自己是個什麼人物了？要不是看在姬家商會的面子上，以你一個姬家遠得不知道有多遠的遠親，根本不配與我們少團長說話……」

少團長突然抬手，大漢的吼聲戛然而止。

「不得無禮。」

「……是，少團長。」大漢撇撇唇。

「姬隊長，我們團要一起走，你們商會有商會的規矩，本少團長還是會遵守的。」

葛少團長笑了笑，朝身後點了下頭。

大漢立刻會意，馬上走到前面那團小隊面前。

「這一小袋銀幣給你們，你們的座位，我們大地傭兵團要了。」

五人小隊一聽，後面四人立刻就不滿地要出聲，但小隊長及時阻止他們。

「很抱歉，我們有事需要趕到天耀城，恕不能讓位。」

「你確定，要因為五個座位得罪我們大地傭兵團？」大漢後面出現十幾個人，隱隱有把他們圍住的架式。

小隊長看了他們一眼，沉著語氣——

「葛少團長這是打算欺負我們人少嗎？」

「現在是老子在跟你商量，不要扯到我們少團長身上。」大漢氣勢洶洶地走向前，「座位我們要了，這是給你們的補償。」

再次把裝銀幣的錢袋遞給他。

「補償你留著，我們不需要。」說完，小隊長帶著隊員轉身就上車。

大地傭兵團的人立刻向前擋住路，出手就攻擊他們。

五人小隊不得不後退。

這一退，就離開車門了。

「你們做什麼？」

「把位置讓出來，這樣大家都省事。」大地傭兵團的人把錢袋再次遞向前。

「你們這是要強搶了？」

「怎麼是強搶？我們有付錢，是買位置。」他們大地傭兵團是有格調的，不做強盜。

「……」就算有付錢，也是硬逼人家收的，這樣和強搶有什麼兩樣？

「葛少團長，請不要在這裡鬧事。」姬隊長見狀，立刻說道。

「聽見了沒？不要在這裡鬧事。」葛少團長喊了一聲。

大漢立刻笑嘻嘻地回道——

「是，少團長，我們不會鬧事。」一轉頭，就對五人小隊說道：「既然我們雙方意見不合，那就用最公平的辦法解決——誰贏了，座位就是誰的。」

端木玖聽到這裡，立刻轉向男子——

「有這個規矩？」

男子點頭，「有。」

「任何事都這樣？不講道理、無視規矩，誰的拳頭大就聽誰的？」

男子想了想，又點點頭。

「基本上是這樣。不過，這其中還是有一點規矩的，高階魂師不能無緣無故邀戰低階魂師；所以聖階不會挑戰天階，天階不會挑戰地階等等。那個小隊都是地階武師，如果大地傭兵團的出戰人員裡沒有天階高手，就不算過分。」

太明顯的恃強凌弱，傳出去也是會被人恥笑的。

其實大陸上還是講道理的，當兩方的勢力和背景都差不多的時候，自然誰有道理聽誰的。

只不過不管聽不聽，最後還是會回歸到一個重點——誰的實力高，就聽誰的。

所以，小姑娘說得還是對的。

「這樣啊……」端木玖若有所思地再把視線轉向車廂外，小狐狸則跳到她肩上，窩了下來。

她突然笑了一下，這個規則，真是簡單又有趣！

小狐狸盯著她的笑臉，就蹭了她的臉頰一下。

端木玖一愣。

被小狐狸蹭一下沒什麼，但想到牠會變成那個紅髮少年——那完全不適合蹭一下！

這時，車廂外的爭執已經告一段落。

五人小隊被大地傭兵團十幾個人圍起來，但大地傭兵團真正動手的只有五個人。

雖然五人小隊個個都是地武師，以傭兵小隊來說實力不算低，但是大地傭兵團派出來的五個傭兵，個個也都是地階傭兵，而且位階恰好就比他們高一星！有地武師、還有地魂師。

五人小隊很快被打倒在地，那一袋銀幣同時塞到倒地的小隊長手上。

「現在位置是我們的了，我們大地傭兵團從來不欺負人，這袋銀幣，是退回的車資，拿好。」

他們是有水準的傭兵團，從來不做強盜的事，所以這是買、可不是搶。

自覺很有格調的大漢說完，就率先轉身上車，後面一群人跟著。

「葛飛不算太欺負人。」男子說道。

「葛飛？」

「大地傭兵團的少團長的名字。那個大漢……如果我沒猜錯，外號叫『鎮山甲』，是大地傭兵團其中一個分隊的隊長。」

他把外號混得比本名還要有名，所以本名叫什麼，不重要啦！

「哦。」端木玖點點頭，好奇地問：「這樣把人打一頓，又強搶位置，不怕被報復嗎？」

「雖然打了人，但是大地傭兵團的實力比較強是真的，他們也沒有以多欺少，而且也把車資還了；對方就算想報復，頂多就是把大地傭兵團的人也揍一頓而已，算不上大事。」

大地傭兵團實力強，位置自然是他們的。

打了人也沒有再把對方貶低一頓，同時又把車資給了對方；等於說，那個小隊除了沒搭上車之外，也沒什麼損失。

這絕對是良心表現。

端木玖眨了下眼，算是又長知識了。

「呃，可是，他們接下來該不會也想來『買』我們的位置吧？」大地傭兵團想包車隊的耶！

才說完，大漢已經帶著人走進車廂了，一眼就看見他們兩人，還聞到一陣非常香的醃兔肉。

早膳還沒吃，肚子頓時餓了。

大漢立刻開口問——

「這裡只有你們兩人？」按姬隊長的算法，這裡明明應該有四個人。

端木玖一臉可惜地把醃兔肉收了回去，不能和小狐狸繼續悠閒吃早餐了。她沒回應大漢的話。

男子環胸而坐，同樣沒回答。

大漢不滿地走向前。

「你們兩個，沒聽見我問的話嗎？」

「滾。」男子只回了一句。

大漢愣了下，被氣笑了。

「本隊長從當傭兵到現在，還沒人敢當面叫我滾的，你夠膽！報上名來。」大漢喝聲問道。

「滾。」男子再說一次。

大漢臉黑了。

「給臉不要臉，打！」一聲令下，傭兵擁向前。

男子瞬間起身，一腿一個，將大漢以外的人，全部一個個踹下車，在車門外跌成一疊。

這等情景，看得端木玖忍不住拍拍手。

「好厲害！」

「一腿踢一個！」

「一踢一個準！」

「讚！」

門那麼小，只比一人寬一點點，他竟然可以一腳一個把他們踹出門，卻沒損壞到車門，踢得真是神準！

端木玖很用力稱讚，拍手拍拍手。

男子踢完人，有點無奈地看了她一眼。

明明是踢人的事，為什麼被她一稱讚就覺得這舉動有點傻？

大漢一看自己的人都被踹出去了，怒氣一沖、魂力一振，身下魂師印立刻出現，立刻就要召出契約獸——

「等一等。」端木玖眼明嘴快。

大漢瞪向她。

「你要叫獸，去外面，不要破壞車廂。」

「叫獸？」

兩對目光，同時看向她。

「呼叫魔獸。」

男子：「……」

「……」大漢臉色扭曲了一下。

摔！

這句話也可以簡潔成這樣嗎？誰聽得懂啊！

「小姑娘，妳還想好好活著吧？」大漢陰惻惻地問。

「當然。」

「那就現在，立、刻、下、車。」

「不要。」端木玖拒絕。

「不要？妳……」大漢才開口，男子卻是縱身向前，出腿就踢！

「啪！」

「呃！」大漢雙手擋住。

整條手臂麻了。

「喝！」再一踢。

「呃……」大漢連忙後退好幾步閃開，不敢再硬擋。

「喝！」男子第三踢。

大漢竟然就這麼退出車廂外。

一發現這個事實，大漢的臉簡直黑上加黑，全身魂力湧動。

「鎧化！」

魂師印光芒湧動，大漢全身覆上綠色鎧甲，天魂師的魂技轟向車廂——

「鎮山印！」

大漢一合掌，青色的光芒轟向車廂，瞬間轟然一聲巨響。

「砰！」

第三十章　相愛相殺

箱型車廂整個碎裂散開，車廂碎片含著塵土亂飛，現場一陣煙塵灰灰。

「咳咳咳咳……」

傭兵團和車隊的人連忙退開，姬隊長臉很黑。

你要挑戰搶位置，我沒意見；本來大陸上就有這種不成文規矩，除了個別場合，如拍賣會、比武場等等，其他時候起爭執，可以比試論輸贏。這也是天魂大陸崇尚強者的另一個原因。

不剽悍一點，連一個座位都沒得坐！那你要不要變強？

當然要啊。

但是毀了商會「公物」，這帳就有得算了！

「葛少團長，貴團毀了我商會車隊的車廂，你怎麼交代？」這語氣，完全是咬牙說出來的。

「照價賠償。」葛少團長財大氣粗地說道。

「那你現在能找到車廂來讓我的車隊準時出發嗎？」

葛少團長一愣。

「商會沒有備用車廂？」

「有啊。」姬隊長笑得假假的，然後補一句：「在天耀城。」

葛少團長：「……」

「葛少團長，您要親自把車廂帶過來，還是派人去把車廂帶過來？我們車隊還得做生意，時間耽誤不得。」姬隊長笑咪咪地問。

葛少團長再一次：「……」

車子在天耀城，當然可以再開過來，但開過來的時間也就午時了，傭兵團這邊，也是預定午時到天耀城；等那邊的車隊開過來，他們這邊早上的生意也不用做了。

姬隊長的意思就是：快把車廂變出來，我們趕著出發！

什麼？變不出來？

那誰教你的團員那麼粗手粗腳，毀了我們的車廂?!

你大地傭兵團財大氣粗能賠，那現在、立刻、馬上，就給我賠、出、來！

姬隊長瞪葛少團長，葛少團長有點心虛、但還是硬著頭皮一副我就是有理我就是打壞了車我有要賠償又沒有跑這也不是什麼大事的理直氣壯樣。

姬隊長幾乎又要被氣笑了。

這時候，一聲不和諧的聲音傳來——

「喲～喲！這是怎麼回事？怎麼亂糟糟的到處都是灰？難道有人敢找姬氏商會的

麻煩?!」

姬隊長和葛少團長同時皺眉、轉頭，就見一團至少數十個人，正從傭兵小鎮裡走出來。

帶頭的人，他們都認識。

「無敵傭兵團。」姬隊長說道。

葛飛雙手環胸一笑。

「本少團長還以為是誰一大早沒開嗓，在大街上就喳喳呼呼地拉喉嚨，原來是你啊！」

「這裡乒乒乓乓的，我是怕我說話不大聲一點，就沒人聽得見。誰知道一看，原來，是葛少團長在這裡啊！」來人痞痞地笑道：「葛少團長這一大早火氣這麼大，莫非是昨天晚上沒睡好？在這裡……砸東西出氣？」

笑咪咪地問候一句後，又轉向姬隊長——

「姬隊長，這是什麼情況？早上車隊不載客了嗎？唉唉，我們還想著請商會載我們一程呢！」滿臉可惜樣，看著四周飛散的車廂殘骸，「這這這，讓這麼多人不能搭車，真是太罪過了。這個……」

說到一半，突然看見兩個人冒出來。

車廂被砸爛而漫起的煙塵漸漸平息，本來在車廂裡坐著的兩個人，現在就站在原本車廂停放的位置。

最顯眼的男子手一揮，周身煙塵平散，兩人的身形顯現出來。

一個一身黑色軟鎧，身型高大挺拔。

一個一身灰舊斗篷，身型嬌小秀氣。

姬隊長和葛少團長、無敵傭兵團少團長三人同時瞪大眼。

「……夏侯皇子?!」

◈

夏侯皇子?

端木玖好奇地看了半身躺在她前面的男子。

在天魂大陸上，與三大魂師家族齊名，同樣有著深厚魂師底蘊的，就是統治著中州的夏侯皇族。

因為是皇室，所以夏侯皇族有一半的精力都花在民生與管理上，對於魂師的修練雖然也注重，卻不像三大家族那麼外顯。

但有傳說夏侯皇朝的祖上出現過很驚才絕豔的天才，曾經站在整個天魂大陸的頂峰，無人可敵。

之後雖然在大陸上銷聲匿跡，但是突破到神階後生命冗長，誰也不知道那位先祖是不是還在，自然也就沒有人會那麼不長眼地去挑釁夏侯皇族的底線。

更何況，夏侯皇族雖然低調，但每一代都會出現可以與三大家族相媲美的修練天才。

這就足以證明，夏侯皇族，是很有實力的。

「夏侯皇子?!」將車廂一招打爛的鎮山甲懵了下，偷偷問自家少團長：「少團長，他是……夏侯皇朝的皇子?!」

怎麼他在帝都那麼多年，都沒見過？

「嗯。」葛少團長臉上的狂妄收斂了一點。

「那他是？」

「跟三大家族的天才相媲美，被列為十大天才的那一個。」葛少團長對自家團員的智商有點無語了。

這麼明顯的事實，還要問嗎？

夏侯皇朝中的皇子，有哪個名聲在外、卻不在帝都，偏偏又厲害到可以無視一個天魂師攻擊的？

那只有一個。

就是夏侯皇族的第一天才，皇子中排行第四的，夏、侯、駒。

鎮山甲傻眼。

所以，他剛才差點把一個皇子給埋在廢車廂裡？

「呃……」他非常無辜地望著自家少團長。

他真不知道這個傳說中一直在外遊歷的天才皇子會剛好在這裡啊！現在怎麼辦？怎麼辦？當然是「看著辦」。

「嘖嘖嘖，葛少團長，本少團長到今天終於覺得應該佩服你了，你家的人想搶皇子的位置、連皇子都敢打啊！」無敵傭兵團的少團長誇張地說道。

「比鬥論的是輸贏，不是論身分；夏侯皇子都還沒開口，郝少團長急什麼？」就算有點心虛，葛少團長這時也是要把態度端得穩穩的。

開玩笑，自己心虛是一回事。

但怎麼樣都不能讓對手看笑話！

這就是男人可以流血，但絕對不能沒有面子。

「本少團長這不是先表達一下崇拜之情嗎？本少團長再怎麼霸道，還不敢挑釁大陸上的十大天才呢！」

「既然不敢就閉嘴。郝少團長這麼嗆嗆呼呼的，不知道的人還以為這裡站了那麼多人，都是為了聽你亂吼亂叫呢！」

「本少團長是看你家的分隊長嚇得話都快說不出來了，才好心提醒一下，真是不識好人心。」郝少團長冷冷哼哼。

「原來這是提醒？你不早說，本少團長還以為是哪裡飛來一隻烏鴉嘎嘎亂叫，吵得讓人想直接把他打下來。」葛少團長面無表情地說道。

「打下來？原來貴團的人都是這樣做事的，不問什麼人、什麼事就是直接出手，怪不得連皇子都敢打，商會的車也是說毀就毀，真是好膽、好實力。」郝少團長稱讚的話，真像從齒縫間噴出來的呀。

「遇到別人的時候本少團長可能會考慮一下，看心情再出手，但是如果遇到郝少團長，不出手都覺得對不起老天。」葛少團長說道。

「這跟老天有關係嗎？」鎮山甲疑惑地問。

「當然有。」葛少團長一本正經地說：「大陸這麼大，在外面沒事要遇到也是很不容易的，可是偏偏老天爺就這樣安排了，那看到郝少團長，我們還不動手，豈不是對不起老天爺特地安排的相遇場面？」

有仇要趕快報，有怨要把握時機討；老天爺都把不識相的人送到你面前了，再不討債簡直沒天理。

大地傭兵團成員個個一臉恍然大悟。

對呀，遇到討厭的對手，不動手簡直太對不起老天了！

「這麼說來，是本少團長誤解了，原來少團長這麼欠人動手，早說嘛！好歹認識這麼久，這點小事，本少團長一定奉陪！」

就算是吵架，也絕對不能吵輸對方。

所以郝無敵硬轉了話題，再掰回來。

「所以，你和我先打一架嗎？」葛飛氣勢洶洶。

「少團長！少團長！」大地傭兵團的傭兵替自家少團長吶喊。

「少團長！少團長！」無敵傭兵團的傭兵替自家少團長助威。

一時間，整個空地上都是這兩團人的聲音，而且還非常有節奏。

「少團長、少團長！」

「少團長，少團長！」

還一邊喊完換另一邊，聲勢整齊又響亮！

但是除了聲音，兩邊喊的詞都一樣。

一邊被忽略的端木玖看到這裡，瞇著眼忍不住笑，但是說出口的話卻是很讚嘆的——

「哇！傭兵們真是好熱血！」

坐在她旁邊的夏侯駒：「……」

這種場面……算熱血嗎？

是一言不對就要撲過去打起來的節奏吧！

「看不順眼就準備揍人，這行為，真是果斷！」

「……」這是稱讚？

夏侯駒的表情怪怪的。

「你覺得，如果他們兩邊打起來，誰會贏？」端木玖興沖沖地問道。

「妳覺得呢？」他反問。

「嗯……」她很認真地想一想。「我賭平手，就是沒輸沒贏，最後各回各家、各找各媽，一金幣。」

各找各媽？夏侯駒忍下突然冒出的笑意。

本來不想猜的，現在他忽然想跟著說說笑了。

「我賭打沒幾下就停手，一金幣。」根據他過去聽說的結論。

「賭金成立。」她笑咪咪地，準備繼續看戲。

可是一轉頭就發現，大家都在看他們兩個。

車隊停放在傭兵小鎮東北邊出口旁一處空地，現在空地上擠滿兩團傭兵和商會車隊，以及一些準備搭車和看熱鬧的人。

傭兵們本來是吵得臉紅脖子粗，準備要動手了——但是，就卡在這個要動手、卻還沒動手的關口。

在兩團人吵得不可開交的緊張氣氛中、車隊的人觀望中、其他的人圍觀看熱鬧中的情況下，竟然有兩個人是坐著的。

而且，是悠、悠、哉、哉地，坐著。

坐著就算了，竟然還準備有桌子、茶水、肉乾，這完全是一副喝茶看熱鬧的架式，只差這裡不是酒館茶樓，而是空地。

這悠閒的畫風跟傭兵團臉紅脖子粗的實況完全不同好嗎？

而且邊吃還邊討論、不時還讚嘆一下，最後連賭金都出來了。

這會不會太誇張？

簡直完全沒把他們放在眼裡！

端木玖眨了眨眼。

「他們為什麼看我們？」突然被兩三百人盯著看，這壓力有點大。

「大概是……餓了。」睜眼說瞎話。

「……」傭兵們加車隊兼看熱鬧的人，滿頭黑線。

「嗯……好像是耶。」端木玖回看著他們的眼神，很認真地對著夏侯駒點點頭。

「他們看我們的眼神，都快冒綠光了，一定是餓了。」

夏侯駒：「……」

傭兵們：「……」

那哪是綠光，是「兇光」還差不多！

雖然有一些傭兵們的確是肚子餓。

就在傭兵們各自腹誹的時候，端木玖語氣一轉——

「不過，就算他們餓了，也別想吃我買的東西！」怨念憤憤。

夏侯駒拿肉乾的手停頓了一下。

「為什麼？」

「為什麼？當然是因為他們打壞了車廂害我們差點被埋在木板下，而且他們還害我們兩個沒車坐！」簡直是不共戴天的大仇。

被找碴了，還請人吃東西，這簡直比拿肉包子打狗還要呆！

端木玖自認腦袋很正常，做不出來如此腦殘之事。

「唔……有道理。」夏侯駒慎重點頭。

「車隊的人也很過分，都沒有安撫我們，好歹我們付錢了，在車上被嚇到了、還差點被車埋了，一點安全保障都沒有。」端木玖繼續憤憤不平，「我本來聽說搭車隊安全有保障的，結果……哼哼，果然聽說什麼的，都是假的。」

這句話雖然是抱怨，可是姬隊長一聽，不得了！

這可是牽扯到商會的信譽啊！

不能不辯解。

姬隊長才想走過去，替自己車隊挽回一下名聲，結果夏侯駒卻先開口了，非常同情地安慰小姑娘——

「一般來說，商會的信譽是很值得信任的；不過，一個遍布全大陸的商會，總有一些不能及時反應的時候，不要要求太多比較不會失望。」

姬隊長：「……」

夏侯皇子這麼說到底是在安慰人，還是在說明商會信譽真的不能百分之百信賴的事實？

「那我們怎麼辦？我們付了車資，而且因為等車隊的出發時間，所以我們也沒能早點走，今天不就到不了天耀城了？」

「妳有急事要趕去天耀城？」夏侯駒問道。

「沒有急事，可是也不想在這裡再過一夜啊。」端木玖嘆了口氣，「小鎮上能過夜的地方也不多，說不定我們搶不到——而且，說不定連去酒樓或酒館過夜、訂好房間了錢也付了，又會遇上有人要搶房間；這搶來搶去的什麼都搶，什麼時候才算搶完啊？」

眾人：「……」

他們是傭兵（商會、冒險者），不是搶匪啊！

為什麼說得好像他們每天都在搶搶搶？

他們明明是每天在做任務（上工），才不是每天搶東西！

「這位姑娘請放心，車隊收下車資，一定會將兩位送到天耀城。」姬隊長終於有機會開口，立刻走向前保證道。

「收了車資也不一定就會把人送到啊。」端木玖看著他，圓亮亮的眼睛乾淨透澈，看起來就是一副單純不解世事的模樣。

不過即使說話，她也沒忘記餵小狐狸，小狐狸也沒忘記看她。

看她這個表情，不知道的人覺得單純可欺，看在小狐狸眼裡只覺得：有人要倒楣了。

「雖然意外難以避免，但車隊的信譽，絕對不會置乘客於不顧。」姬隊長斬釘截鐵地說道。

「真的嗎？」

「當然是真的。」

「哦……」端木玖眼神一轉，看向最初被打退的那五人小隊。「那他們之前也交了車資，隊長會讓他們搭車嗎？」

「這個……」姬隊長沒想到她會把話題帶到那邊去，一時愣了下，隨即立刻解釋道：「他們的位置已經讓給大地傭兵團了，並不歸車隊負責，所以車隊也就沒有載人的義務。」

「可是他們被找麻煩的時候，車隊沒有制止，等於允許別人在你們家的地盤上搗蛋，這種信譽……」

「私人恩怨，車隊不介入。」姬隊長立刻說道。

「但是在你家的地盤上發生爭鬥，你們都不管，還任由車廂被毀壞、隨便別人在你家的地盤上打架，這是不是表示，只要誰不高興了，都可以在商會的地盤上揍人？」

「當然不是。」姬隊長鄭重澄清：「在商會的地盤上，不允許有人任意爭鬥。」

「可是我只看到有人在你家的地盤上打架了、打壞東西了，你也只是要求賠償一下，然後就不管了，讓其他人繼續在這裡吵架。」

「這……」

姬隊長能說，他也沒想到有人會不識相到直接把車廂給打壞了嗎？

「所以，」端木玖轉向夏侯駒，「對於商會的車隊信譽，其實我們還是不要太相信比較好吧。」

太相信車隊會護衛自己的安全，那是想死得更快啊！

「自己保護自己，還是很重要的。」夏侯駒遲疑地點點頭。

「夏侯皇子，車廂的事敝商會會盡快解決，讓您能搭上車。」姬隊長果斷跳過安全這話題，保證道。

「要多久？」夏侯駒面無表情地問道。

「最慢午時前。」

夏侯駒皺了下眉。

「這裡沒有替代車廂？」

「平常時候都有，不過最近搭車隊的人多，所以備用車廂也派出去了。」姬隊長解釋道。

現在要等天耀城出發的車隊回來，才能再做安排。

「那我們等下一車？」夏侯駒轉向端木玖，詢問道。

端木玖還沒回答，姬隊長很誠意地立刻開口說道——

「造成兩位的困擾，敝商會覺得很抱歉，作為歉意，兩位本次車資免除；如果沒有其他要事的話，兩位可以到車隊的休息處稍坐。」一定奉上茶水點心讓這位小姑娘吃得沒時間再挑剔。

「好吧。」端木玖一點頭，夏侯駒立刻跟著站起來，一手端著肉乾茶水，讓她方便收回桌子、椅子。

正要跟姬隊長去休息室的時候，端木玖突然想起來——

「那個……」

「鎮山甲。」夏侯駒立刻接口道。

「對，鎮山甲，他要搶我們的座位，還要繼續打嗎？」

鎮山甲一聽，覺得烏雲罩頂。

「這個……不打了。」

之前當然要打。

但是知道夏侯皇子的身分後還要打，那不是勇敢，而是蠢了！

「嗤！」無敵傭兵團的少團長立刻嗤笑一聲。「搞了半天，你們大地傭兵團也是看人打的啊。」

「知道他的身分，我鎮山甲自認不是夏侯皇子的對手，主動認輸有什麼好奇怪的？」鎮山甲坦蕩蕩地說。

「所以，你大地傭兵團也是欺軟怕硬嘛！」

「說得好像你有多正義似的，你郝無敵少團長難道會明知道打不過還硬打？」鎮山甲哼道。

「郝無敵？這是他的名字？」端木玖馬上看向夏侯駒。

「嗯，無敵傭兵團少團長，郝無敵。」夏侯駒點點頭。

「他的名字取得真好。」端木玖讚嘆的語氣。

「好在哪裡？」聽到這句話，郝無敵立刻丟下鎮山甲，走過來問道。

「姓氏好，名字也好；幫你取這個名字的人，一定對你抱有很大的期望。」端木玖很誠心地回道。

「名字是我自己取的。」郝無敵挑眉。

雖然是從他老爹選的好幾個名字之中抽中這一個，但名字就是他決定的。

「那你的志向真遠大。」端木玖面不改色地說道。

郝無敵看著她，突然哈哈大笑。

「哈哈哈……小姑娘，妳不怕我？」郝無敵的聲音洪亮，連笑聲也很響亮。

「為什麼要怕？」

「我無敵傭兵團的名聲，妳不怕？」

「什麼名聲？」

「妳沒聽過？」郝無敵有點訝異。

「沒聽過。」

在西岩城，只有雷火和疾風兩個傭兵團，大地和無敵……在北叔叔的講述裡，是屬於一句話帶過的那種，她印象真的不深。

「無敵傭兵團，在今年將會成為天魂大陸第三大傭兵團。」郝無敵雄赳赳地說道。

「郝少團長，現在第三大傭兵團，是我們大地傭兵團。」葛飛立刻說道。

「葛少團長放心，我也沒說是現在，只是等帝都大比過後，我無敵傭兵團就會晉升第三了。」郝無敵笑著說。

「大比還沒開始，郝少團長的話不要說得太滿。」

「本少團長說話一向不誇張，只說實話。」

「是不是實話現在還不知道，不過今年的帝都大比，你就會知道，無敵傭兵團，只能當老四！」

「少團長還沒睡醒的話，本少團長誠摯建議你回酒館去再睡一天，免得大白天的一直說夢話，這樣有損你身為少團長的面子。」

「本少團長也誠摯建議郝少團長可以回酒館去再睡三天，免得大白天的一直在作夢，還兼夢遊，簡直破壞身為傭兵剛毅勇猛的形象。」

「葛少團長的夢話還沒說完？」

「郝少團長不切實際的美夢還沒作完?!」

「葛少團長！」

「郝少團長！」

「他們的感情真好耶！」端木玖小小聲地讚嘆。

夏侯駒一臉驚訝地看著她，不知道小姑娘怎麼得出的這個結論？

葛飛、郝無敵聽到了，「唬」地，四隻眼睛同時瞪向她。

「誰跟他感情好！」異口同聲。

發現這一點，又互相瞪了對方一眼。

「這麼有默契，如果還感情不好，那你們感情好的時候，豈不是要抱在一起了？」

抱……抱在一起？

郝無敵、葛飛對看一眼，兩人就隔一尺面對面；這一看，唬地立刻各自後退三尺。

「誰跟他抱在一起！」再次異口同聲。

端木玖看著他們，一臉理解。

「我知道，因為你們屬於不同傭兵團，很多時候都是對立的，所以你們只好討厭對方，努力厭惡對方，每看到對方必吵架，用這個來提醒自己：『我跟他感情一點都不好！』」頓了頓。「真是太辛苦你們了。」

葛飛和郝無敵一聽，表情同時扭曲了。

這、是、什、麼、鬼、理、解?!

「妳應該慶幸，妳是小女娃，本少團長不隨便欺負弱小。」郝少團長按著指關節，發出「咔啦咔啦」的聲音。

「算妳好運，又是個小姑娘，本少團長，不隨便以大欺小。」葛飛傲傲地說完，又後退了一點。

那句「抱在一起」已經變成他的心理陰影了。

以後就算吵架，他也絕對不會跟郝無敵靠太近，太××的影響心情了。

「不然呢？」

「不然光憑妳這句話，老子揍得妳生活不能自理！」兩人再次同聲說道，而且表情同時很兇惡。

端木玖抱著小狐狸，頓時咻地躲到夏侯駒身後去了。

這等快速閃躲，看得郝無敵和葛飛有點傻眼。

還以為她很有膽子，結果……果然還是小姑娘一枚嘛！

「別嚇她……」夏侯駒維護的話還沒說完，就聽見她細細的聲音從身後傳出來。

「這年頭，實話也不能隨便說，生活實在太艱難了。」哽咽。

郝無敵、葛飛：「……」

夏侯駒：「……」

這畫風突然轉變得他們有點理解不能。

怎麼馬上變成無辜少女被欺凌的苦情戲了？

第三十一章　是真愛啊！

端木玖委屈的聲音繼續說——

「他們明明很有默契……」

「……嗯。」夏侯駒想了想，就應了一聲。

他們兩個的確好幾次異口同聲啊。

「而且從一見面開始，就『基情四射』……」

「激情四射？」郝無敵黑線。

「激情四射?!」葛飛覺得自己腦神經啪地斷一根。

「激情四射？」夏侯駒是純粹的疑惑。

此「基」非比「激」啊！

不過現在也沒人解釋。

端木玖還用力點點頭。

「大家都看到了。」

「那是在吵架！」郝無敵咬牙。

「看到他我只想揍他！」葛飛切齒。

「打是情，罵是愛呀！」端木玖神來一句。

郝無敵和葛飛同時再度「唬」地瞪向她，磨牙霍霍。

「本少團長突然發現，偶爾，也是可以欺負一下弱小的。」

「本少團長也發現，偶爾，以強欺弱一下也是不錯的。」

白牙森森。

夏侯駒看著他們兩個，忽然說道——

「你們兩個，真的挺有默契的。」

郝無敵、葛飛，同時看向他，而且腦子裡也同時出現一個想法——

跟名揚大陸的天才較量一下，很有挑戰性！

而且這樣他們就不用對一個小姑娘下手、糾結要把她打到什麼程度了！

夏侯駒一句話，為自己拉了妥妥的仇恨值。

「夏侯皇子，難得在這裡相遇，要等車的這段時間也很空閒，不如我們來切磋一下吧！」郝無敵立刻說道。

「夏侯皇子，葛飛同樣請你指教。」葛飛也說道。

這兩人分別說完，又互瞪一眼。

你又來跟我搶！

「那就來吧。」夏侯駒也不推託，直接答應了，就轉向姬隊長，「姬隊長，借這個地方一用，可以嗎？」

「可以。」姬隊長立刻同意，同時心裡深深覺得，好的教養果然很重要啊！瞧瞧夏侯皇子，雖然也是出來混的，但人家有禮貌多了，先禮後兵。

而兩個傭兵團呢！

是根本只有傭兵的血氣方剛，見到對手就是先吵到快打起來，至少他這個地主——完全被無視。

存在感這麼低也實在夠教姬隊長心塞的。

不過有天魂師要較量，這種場面還是很難得的，姬隊長立刻清場了。

端木玖卻沒走，還拉了下依然擋在她面前的夏侯駒。

「你要怎麼跟他們打？」

「一個一個打吧，看他們兩人誰要先來。」夏侯駒不在意地說道。

「可是，他們本來想打的人應該是我。」他那句話，根本就是故意說的，一下子就把郝無敵和葛飛的注意力都拉到他身上了。

「他們挑戰的人是我。」夏侯駒很肯定地說道。

「可是，惹他們生氣的人是我。」

「別在意。」他拍拍她的肩膀。「妳到旁邊看著就好。」

「不行，是我引發的事，不能讓你替我打架。」端木玖很正直地說道。

郝無敵跟葛飛一聽，又是齊齊退後三步。

他們一點都不想跟嬌弱弱的小女娃打架。

「妳不用在意，出門在外被人挑戰是很常有的事，這很平常。」從夏侯駒成名以來，被挑戰的次數簡直比一天三餐還頻繁。

所以他真的一點都不介意再多打兩場。

「那我先來。」端木玖站出去。「郝少團長，我要挑戰你。」

郝少團長黑線。為什麼是他？

「本少團長不跟妳打。」

那換一個對象。

「葛少團長，那我挑戰你。」

「本少團長，沒興趣以大欺小。」

「那你們為什麼要挑戰他？」端木玖一臉委屈樣。

「想打就打了。」需要什麼理由？

「那我也想打你們，為什麼你們不接受？」

那還用問？打架也是需要看對手的好嗎？實力相差太多的對手根本不值得他們出手啊！

而且，打敗一個無名小卒，跟打敗一個大陸聞名的天才，哪個更有面子？

所以，他們才不要跟一個嬌弱弱的小女娃打。

「小姑娘，敢挑戰我們，妳很有勇氣。」郝無敵絞盡腦汁，終於想到一個像稱讚的理由，然後使個眼神給葛飛。

快想話接下去，不然你跟她打！

葛飛一看就懂，立刻接口——

「但是挑戰，也是要看資格的。小姑娘，妳是地魂師嗎？」葛飛挑著下巴問道。

「不是。」

「要挑戰我們，至少要是地魂師才行。」葛飛大大鬆了口氣。

郝少團長也是。

並且因為他想出這個絕佳的理由，破天荒沒有對葛少團長吹鬍子瞪眼的，而是給了他一個讚賞的眼神。

葛飛驚悚了。

讚賞?!

他沒看錯吧？

這簡直比不可思議還要不可思議。

郝少團長臉黑了。

那是什麼表情？本少團長難得給你一個好臉色結果你那麼驚恐是以為看到鬼了嗎?!

本少團長是鬼嗎？

兩個人又互相瞪起來。

除非有例外了。

「有這種規矩？」端木玖把頭轉向夏侯駒。

夏侯駒已經開始有點習慣她對大陸規矩的沒常識了，直接點頭。

「在正式比武台上，通常是這麼定的。」越一階挑戰是允許範圍，但越兩階，就

「所以，他們兩個人，是天魂師？」

「嗯。」夏侯駒點頭。

「那正好，可以打。」端木玖忽然笑咪咪的。

「可以打？」郝無敵、葛飛，狐疑。

「我應該……至少可以算是地武師吧。」師父說，她的魂階太坑了，還是不要報出來讓別人笑比較好。

但是她的武技，打天階完全沒問題。

「妳是地武師?!」郝無敵、葛飛，怪叫，很認真上上下下打量她。

當武師的，就算長得不人高馬大，至少也不是這麼瘦瘦弱弱的像風一吹就跑的模樣好嗎？

她是地武師?!

他們不相信。

兩人臉上的表情實在太明顯了，端木玖眉眼彎彎地笑了。

「是不是，打過就知道啦！」

小狐狸主動跳到她肩上，以牠的體型，在她肩上不會妨礙她與人動手。

這次牠沒有飛得遠遠的，端木玖還覺得有點訝異。

不過，牠喜歡待著就待著。

郝無敵和葛飛對看一眼。

如果她真的是地武師，那他們兩個就沒有理由不接受她的挑戰了，但是——

「你跟她打。」再一次異口同聲。

端木玖忍笑，偷偷跟小狐狸說——

「他們兩個人，一定有姦情。」

姦情？

什麼姦情牠不懂，不過，玖玖說有就有。於是牠點了下頭。

「嗯。」

夏侯駒黑線。

雖然她的聲音夠小，但他這麼近，想不聽都不可能。

姦情……

他看著又互瞪起來的兩人。

突然覺得，在傭兵界，大地跟無敵兩家傭兵團實力相近，每屆傭兵團排行雖然擠不上前兩名，但三、四名就是這兩團輪流。

而兩家的少團長，幾乎每次見面沒有打架也吵架；兩人之間的恩怨簡直罄竹難書。

但被她這麼一說，這兩個人……

「我不想欺負小姑娘，你去。」

「我也不想欺負弱小，你去！」

兩個少團長跟鬥雞似的，誰都不讓誰，而兩家的傭兵們，竟然還很熱烈地——

「少團長，加油！」

「少團長，叫他去！」

「少團長，加油！」

「少團長，吵贏他！」

「少團長，必勝！」

「少團長，威武！」

端木玖聽得囧囧有神。

這啦啦隊簡直比本人還熱血，明明集體退站一邊，但是吶喊的聲音一聲比一聲大。

有沒有這麼鼓勵自家少團長跟別人吵架打架的啊！

不對，現在不是吵架打架，而是互相推誰要出來打。

跟她打有這麼痛苦嗎？竟然推來推去。

端木玖「森森」地覺得自己被嫌棄得很嚴重。

小狐狸的聲音在她識海裡響起，還蹭了下她臉頰。

「不要管他們有眼無珠。我不會嫌棄妳。」

「噗。」端木玖頓時笑出來。「你是在安慰我，還是在……嗯哼？」趁機揩油？

「陪妳。」

小狐狸的語氣無比認真，讓端木玖愣了下。

「小姑娘？」夏侯駒輕喚一聲。

端木玖立刻回神。

「嗯？」

「他們兩個快打起來了。」夏侯駒指了指那邊，有點無語。

本來是兩方在吵架，後來被小姑娘惹出火氣要教訓人，又變成要挑戰他，然後小姑娘橫插一局，現在變成那兩個又要打起來了。

「上回你輸給我，所以聽我的，你去打。」

「笑話，上回是什麼時候，都五年了，你不知道人是會變強的嗎？現在我可一定會贏你，當然是你去打！」

端木玖聽了兩句，默默地看向夏侯駒——

「他們吵得那麼熱烈，我們變成多餘的了耶。」

夏侯駒：「……」有同感。

不知道是不是沒說沒注意，被提醒了就很注意。夏侯駒現在看這兩個傳說中的頭號冤家，也覺得，這兩個的感情，好像、其實，也不是那麼不好啊！

「他們兩個人，眼裡果然只有對方。」

「……」呃……好像也對。

「果然是真愛！」結論。

「……」夏侯駒已經不知道還能說什麼了。

「既然是真愛，我們還是不要打擾他們吧！要拆散他們，好像很惡劣。」端木玖很善良地說。

郝無敵、葛飛一聽，差點噴出一口血。

「拆散什麼?!」同時一吼。

兩人愣了下，對看一眼，更想噴血了。

「我跟他不是一組的，什麼拆散不拆散！」亂講！

「可是……」

「不要胡說！」

「噗！」端木玖實在忍不住了，哈哈哈。

這下不只端木玖和夏侯駒覺得奇怪，就連大地和無敵兩個傭兵團的傭兵們，都開始有點好奇。

「我們家少團長跟葛（郝）少團長，好像真的很默契。」

「嗯。」

事實就是，他們不只默契了一次，是默契了好幾次啊！

「這個……那我們還要加油嗎？」

「加！」

「可是……」

「不管少團長要做什麼，就是必勝、就是要加油！」

「嗯，那就繼續。」

兩邊傭兵們各自商量好，不友善地對看一眼，立刻又開始吶喊——

「少團長，加油！」

「少團長，必勝！」

郝無敵和葛飛則是繼續互相瞪來瞪去。

「都是你。」害他被誤會。

「明明就是你的錯。」誰要跟他扯在一起?!

「你早點去和小姑娘打一場，就什麼事都沒有了。」

「為什麼你不去？」

「好，既然誰都不想去，那老規矩，誰輸誰去。」

「就等你這句！」

兩人擼起袖子，就打算先把對方揍一遍——

「相愛相殺，是真愛啊！」端木玖看得一臉興然，真心感嘆。

夏侯駒深深覺得，小姑娘一開口，已經把嚴肅的比鬥拐彎成一場鬧劇了；於是他果斷開口——

「郝少團長、葛少團長，你們不用吵了。」

「嗯？」兩人同時疑惑地看過來。

「你們兩人一組，我和小姑娘一組，一起打吧！」

跟……他……一……組……

郝無敵和葛飛看著對方，都是一臉嫌棄。

端木玖一看這兩人的表情，忍住笑一臉正經地問——

「不然，你們誰願意和我一組嗎？」

「不要！」異口同聲，答得超快！

這下所有人都盯著他們兩個了。

葛飛立刻輕咳一聲，忽視那個彆扭。

「我和夏侯皇子一組。」

「你的意思是叫我和這個小姑娘一組嗎？」郝無敵陰惻惻地問。

一個大陸天才、一個地武師——雖然實力也算不錯，但是這臨時搭檔的等級會不會差太多了！

「這個……」葛飛一時沒想到，不過這種便宜他也不屑占。「那抽籤好了。」

「不用抽了，我只會跟她一組。」夏侯駒說道。

「為什麼？」郝無敵和葛飛對看一眼——難得沒有對蹬。

「她很好。」

「……」很好？很好什麼？

但是夏侯駒說完這三個字就沒了。

郝無敵和葛飛糾結得很想把夏侯皇子拖來問一問，但是看著夏侯皇子一副不苟言笑的模樣——還是算了。

不過郝無敵很好奇地問——

「夏侯皇子，雖然只是挑戰切磋，但是有一個實力不高的夥伴，你不擔心輸嗎？」

「除了拚命，輸了，可以再贏回來；但是我不會在這個時候拋下她。」夏侯駒簡單地說道。

郝無敵愣了一下，又問——

「輸了，真的沒關係嗎？」

他可是天魂大陸上揚名的十大天才之一呀！一旦他輸了的消息傳出去，對他的名聲會有多大的傷害，夏侯皇子不會不知道吧？

「當然有關係。所以，我和小妹妹，不會輸的。」夏侯駒一笑。

「……」真有自信。

郝無敵突然覺得，這樣打一架也不錯。

「喂，打嗎？」

葛飛瞪他一眼。回答是——

「打！」

然後看向夏侯駒——

「我們傭兵最講究的，就是義氣。夏侯皇子在這種情況下，卻願意跟小姑娘搭檔，這點我很佩服；所以，這場比試，我會認真打。」不會因為小姑娘的實力弱就放水。

「我也一樣。」郝無敵也說道。

「那麼，開始吧！」

「請。」夏侯駒點頭。

四人分兩邊對立，傭兵們與車隊的人都退到邊緣，讓出一大塊空地。

郝無敵、葛飛兩人呈一前一後站立，距離不遠，是很好的攻擊位置。

「盡力而為，保護好自己。」夏侯駒則低聲交代一聲，自己站在前面。

從站的位置就可以看出來，郝無敵和葛飛的「雙打」經驗，比夏侯駒靠譜多了。

一前一後，可攻可守。

而夏侯駒，是打算自己擋下攻擊，讓她少一點危險。

端木玖卻站到他身側，仰頭看他——

「我會盡力而為，不會成為你的拖累。」

夏侯駒眉一挑，突然笑了出來，同時豪邁地應了聲——

「好！」

對面卻傳來一聲——

「金陽，鎧化！」

就見葛飛足下浮現魂師印，明白顯示出三階七星，接著全身覆上一層金色的鎧甲、手持金色刺槍。

率先出招。

「天魂技，金色閃光！」

葛飛全身魂力光芒一現，一道三重圓形光束，隨著金槍所指，射向端木玖。

「鏘！」一聲。

卻是夏侯駒掠身過來，擋住葛飛的天魂技。

天魂技的餘波盪開，吹開了夏侯駒身上深色的斗篷，露出了裡面的暗青色的鎧甲。

郝無敵同時朝剛擋下天魂技的夏侯駒出招。

「黑刃！」

黑色刀刃卻在打中夏侯駒前三尺，碰上一陣無形阻礙。

「鏗！」

清脆的聲音一響，眾人定睛一看。

才發現夏侯駒身前不知道什麼時候，竟然出現兩把大約兩尺半長的劍，擋下了郝無敵黑刃刀的攻擊。

「嗯？」郝無敵飛身退開。

只見四周風起，端木玖雖然站在原地，卻微微一笑，半舊的斗篷被吹開，露出粉色鎧甲，精緻得讓人眼睛一亮。

悄生生的模樣一點都不像在和人決鬥，比較像在欣賞風景。

但她右手微動——

懸空的兩把劍頓時攻向郝無敵，轉瞬間攻擊好幾次。

「鏗鏗鏗鏗鏗鏗鏗鏗！」

郝無敵一邊擋一邊繞著彎飛退，等劍勢停下，他才發現，他被打回原位。

他看向端木玖，神情驚疑不定。

「御……劍訣？」

葛飛聽到了，頓時停下他準備再發的第二次天魂技，表情同樣驚訝——

「御劍訣?!」

就在兩人要開口的時候，卻同時突然有一股危險的感覺，要避開已經來不及了，他們只能做出最直覺的反應。

「金獅印！」

「黑刃！」

不是擋在自己身後，而是對方身後！

夏侯駒和端木玖同時看到了疾速襲向兩人身後那道足有十尺寬的圓形光球型攻擊。

「青影！」夏侯駒揚手一劈，手上棍影迎向兩人身後那道圓球。

棍影後發先至，將圓球打散一半。

剩下的一半繼續向前，撞開了葛飛與郝無敵的防護，再剩下的三分之一，砸向兩人——

「劍影壁！」

「砰——！」

光球徹底被擋下，葛飛和郝無敵只覺得一陣震盪餘波打在他們背後，差點讓他們站立不穩。

但他們終於也可以回過頭，看是什麼救了他們了——

「劍……？」

「不是兩把，是七把?!」

葛飛和郝無敵目瞪口呆。

咻地，七把劍又瞬間消失，速度快得讓很多人沒看見，也有人看見了還以為自己眼花了。

兩人又是一陣瞪眼。

驚訝還沒回神，就聽見一聲——

「咦咦，竟然是……郝少團長和葛少團長，怎、怎麼是你們啊?!」

大地與無敵兩大傭兵團的傭兵們此刻已經各自圍在自家少團長周圍，就見一群幾十人從傭兵小鎮主街走了過來。

幾十道銀光閃閃白燦燦的光線，簡直是要亮瞎所有人的眼！

郝無敵和葛飛兩人同時黑沉了臉。

「陰震！」

「是你！」

雖然沒有異口同聲，但是語氣同樣厭惡。

「真是抱歉，我還以為有人在這裡鬧事，就想著幫幫車隊的忙，鎮壓一下場面，沒想到……是兩位少團長在……比鬥呀。」陰震驚訝地說。

「沒有弄清楚狀況，就出招偷襲，光明傭兵團就是這樣行事的嗎？」郝無敵黑著臉質問。

「車隊範圍內，非經允許不得鬥毆，陰團長忘了我商會的規矩了嗎？」姬隊長臉色也很黑地質問。

「姬隊長，抱歉抱歉，在下只是一時心急，沒想到弄錯了狀況；郝少團長、葛少團長，我不是故意打擾你們比鬥，請見諒。」雖然陰震笑嘻嘻的，但是卻很清楚地道了歉，擺正了自己的態度。

「一句道歉，就可以抵過你差點傷了我和郝無敵的帳?!」葛飛怒氣騰騰。

「唉，真是抱歉，這真的是意外。這樣吧，我請大地和無敵傭兵團的朋友們到酒館喝酒賠罪，請各位一定賞臉。還有……夏侯皇子，也請一定接受我的歉意。」陰震好聲好氣地邀請道。

至於被夏侯駒半擋著的端木玖，完全被忽略了。

「是意外嗎？臨時起意，竟然也可以讓光明傭兵團使出合擊嗎?!」一句質問，從光明傭兵團側後方傳來，來人一躍。

兩道人影，飛落在夏侯駒面前。

「夏侯，讓你久等了。」

「沒事。」夏侯駒搖頭，不以為意。

來人一轉身，陰震臉色變了變，還是擺出笑臉打招呼——

「端木……四少，真是好巧，竟然在這裡遇上你。」

「剛才四少說的——陰震，你想一舉殺了我和郝無敵嗎?!」葛飛怒火熊熊地質問。

大地傭兵團的團員，已經很有眼色地圍住一側。

「當然沒有，這是誤會，誤會。」陰震連忙澄清道。

「是不是誤會，打回來就知道。」郝無敵跨向前一步，與葛飛站在一起。

無敵傭兵團的傭兵們，也很有眼色地圍住另一側。

「酒館，不必了。」

「讓我們也打一下回來，這件事才可以算了。」

郝無敵話聲一落，兩人同時下令——

「打！」

兩大傭兵團同時出招，務必要把這堆「銀光閃閃白燦燦」的人，打到生活不能自理的灰撲撲！

不由分說開打，兩大傭兵團的人很有經驗都沒用什麼天魂技、刀劍的，直接掄起拳頭揍！

圍起來的揍人氣勢，堪比關門放狗咬人！

這時候，姬隊長帶來車隊的護衛，慢吞吞地補一句——

「破壞我車隊的規矩，這公道，車隊要討！」

於是，車隊護衛們也加入傭兵團們的混打，揍人去了。

端木玖簡直看呆了。

「這樣打，好嗎？」

「被偷襲的差點沒命，他們兩大傭兵團只是把人揍一頓，算客氣了。」夏侯駒回道。

要不是顧慮即將到來的帝都大比，郝無敵和葛飛大概不會這麼「客氣」。

這時，聽到她的聲音，端木傲終於看到她了。

「小玖?!」

「……你好。」乖巧的笑臉。

好、個、頭！

第三十二章　綁回帝都！

一場搶位置的戲碼，弄到最後變成三團一隊大混戰，偷襲的光明傭兵團傭兵們連同團長陰震在內，被揍得喊不要不要地抱頭鼠竄。

這種場面，讓端木玖也是大開眼界，差點又把桌子椅子肉乾拿出來。

男人們的肉搏戰，也是各種損招盡出。

拔頭髮、拉衣服都是小意思，打人狂打臉的才是真解氣。

到最後，光明傭兵團的傭兵們真的是逃走的。

個個臉上帶彩不算，而且所有人身上的鎧甲沒有一件還能保持閃閃亮亮銀燦燦。

沒有破破爛爛土灰灰，就算他幸運了。

所以說，太囂張地引發眾怒絕對要不得。

群架打完，從天耀城而來的車隊也到達了。

午時過後，前往天耀城的車隊終於出發。

一前一後，出動兩組車隊、並且加車廂。

每個車隊各有十二匹角馬在前頭拉著，目測至少以時速八十公里以上速度在奔馳。

姬隊長慶幸，自己要求讓天耀城派兩組車來，不然一定不夠載客；他默默為自己的機智點個讚。

第一組車隊裡坐的人除了夏侯駒等四人，就是大地和無敵兩家傭兵團。

第二組車隊則繼續坐了傭兵團的傭兵們和其他客人。

第一節車廂裡，端木玖被要求坐在第一個單人位置上，同列還有端木傲。

第二列則是夏侯駒和端木傲的隨從。

再後面的單人座，郝無敵和葛飛占了兩個，其他隨便分配。

揍完該揍的人，他們現在比較好奇的，是小姑娘的身分，和突然冒出來的端木四少呀。

大家都萬分注視地看著端木玖。

同時悄悄地離座後退、再後退，整個後背緊貼著座椅的背靠。

因為，端木四少的臉色——有點黑啊。

而被他瞪視的端木玖，則很淡定地抱著小狐狸——吃肉乾。

夏侯駒看看她，再看向疑似瞪人的好友。

「阿傲，她是……端木家的人？」

端木傲這才轉向夏侯駒，點點頭。

「她是端木家嫡系排行第九，端木玖。」

「端木玖?!」郝無敵和葛飛對看一眼。

這名字……很熟！

他們……聽過！

兩個三十幾歲的大男人，同時想到十年前的傳聞，那時候他們剛正式帶隊作任務不久，大部分時間都待在帝都，常常能聽到三大家族的傳聞。

何況，這是當時最轟動的傳聞。

「她……真的傻過？」葛飛很懷疑。

那麼機智的反應，那種一句罵人的話都沒有說卻讓他們氣得跳腳的口才，真是出自……一個傻子?!

「她真的不能修練?!」郝無敵比較好奇這個。

那兩把飛劍攻擊力有多強，他親身體驗過，而且他覺得，她好像還沒有使出全力。

端木傲點點頭。

「以前不能修練。」

所以，以前關於端木玖的傳聞是真的了！

「那……妳好很久了嗎？」葛飛有點結巴。

「好了大概……五個月吧。」端木玖算一算時間，不足的直接進位了。

「所以，妳五個月前才開始修練？」郝無敵問道。

「嗯！」端木玖點頭，想到北叔叔教的，臉上笑咪咪。

後面的傭兵們聽得暗暗倒抽口氣。

郝無敵和葛飛則是對看一眼，嘴角抽抽，無語了。

十年前是傻子，十年後……雖然不能確定星階，但憑她擋下光明傭兵團合擊的那一招，應該有天階的實力了。

天階耶……

雖然在帝都不算什麼頂尖高手，但是她才十五、六歲吧！

她傻了好幾年，才修練了五個月，就成了天階高手！

這教別人怎麼活啊！

他們想捶地！

端木玖卻很有興趣地看著他們兩個人。

「你們其實感情很好，不是仇人對不對？」

「切，誰跟他感情好！」

不但異口同聲，還同時把臉轉向另一邊，兩個人後腦勺對後腦勺。

「噗。」端木玖笑。

「不要笑！我從小到大，最討厭的人，就是赦無敵！」

「我從小到大，一定要打敗的人，就是葛飛！」

兩人同時說完，又互相瞪起來了。

端木玖眼神一轉，對鎮山甲勾了勾手。

見識過端木玖的飛劍，鎮山甲立刻乖乖向前。

對弱者，鄙視不解釋。

對強者，當然是崇拜的崇拜也不用解釋！

「端木……小姐，有什麼事？」不敢站太近。

「你們兩家少團長，其實很早就認識了吧！」

鎮山甲點點頭。

「我們團長和無敵傭兵團的團長，常有……往來，兩家少團長是從小就認識的。」

「那，他們天生不對盤，一見面就吵？」

「這個……」鎮山甲回想一下。「好像小時候常玩在一起，五歲以後，才每見面必打架。」

「他們打架，你們團長都沒說什麼嗎？」

「有，會誇對方的少團長。」

「噗。」她懂了。「謝謝你，我沒有要問的了；這個請你吃。」

「哦。」鎮山甲摸摸頭，接過肉乾，就走回座位了。

九小姐親切地給我肉乾耶……喜孜孜的。

「妳就問這些？」夏侯駒好奇地問。

大地傭兵團和無敵傭兵團的往來在帝都不是什麼秘密——對了，她不在帝都長大，不知道很正常。

「嗯，我知道他們為什麼一直吵了。」

「為什麼？」經過今天的事，夏侯駒看出這兩個人交情非比尋常，不然不會在致命的那一刻，想到的不是保護自己，而是護住對方。

沒想到這麼多年來大家都被這兩貨給騙了啊！

「因為，對方是『別人家的孩子啊』。」

「別人家的孩子？」夏侯駒不解。

「假設，你和四少的父親是好朋友、也是對手，兩個人都對自己的兒子寄予厚望，但是又常常在你們面前誇讚對方，說跟你差不多年紀的四少有多優秀又多優秀、多出色又多出色，要你好好學習向他看齊之類，你會不會對這個人反感、覺得很討厭？」

夏侯駒懂了。

所以郝無敵和葛飛，不是感情不好，是看到對方就容易火氣大呀，難怪吵個不停，不管在哪裡遇到都要吵。

端木傲突然開口——

「妳還叫我『四少』。」

「呃……」

不等她說什麼，他又說道——

「我是妳哥哥。妳難道認為我是冒充的嗎？」

「不是。」端木玖看著他，「我知道你是端木家的四少，可是，我是被驅逐出帝都的，你忘記了嗎？」

「讓妳前往西岩城，不是逐妳出家族，妳依然是端木家的九小姐。」她的身分並沒有變。

「一個被驅逐十年、幾乎被遺忘的傻子廢材，她還是不是端木家的九小姐，很重要嗎？」

端木傲沉默了下。

「妳怨家族嗎？」

「不怨。」她答得很快。「但也沒有感情。」

這就是，她不想跟端木家的人「相認」的原因。

當然，她覺得端木家的人一定也不稀罕就是。

看著端木傲再一次沉默的表情，端木玖卻笑了。

「你不用覺得自己有什麼責任，因為，我從來不覺得難過啊。北叔叔把我照顧得很好。」

看得出來，她很好。

在天塹森林裡待了三個月，她一個人也完好地走出來了。

這已經證明她的實力。

她雖然不將端木家族看成是親人，但是，她是四叔的女兒，她就是他的妹妹。

「不管妳怎麼想，妳都是我的妹妹；既然再遇到妳，妳就跟我一起回帝都吧。」

端木傲說道。

這點端木玖不反對，她本來也是要去帝都的。

「我可以和你一起去帝都，可是，我不會馬上回端木家。」這點要先聲明。

「為什麼？」

「我要先找北叔叔。」她在天塹森林裡待那麼久，北叔叔一定很擔心她。

端木傲點點頭。

「我和妳一起去。」

端木玖詭異地看著他。

他要一起去？

他……沒問題吧？

「等到了天耀城，我們再轉搭往帝都的車隊，三天就能到帝都。」不等她回答，端木傲又說道。

「哦。」端木玖呆呆點頭。

「妳休息一下。」說完，端木傲起身往外走。

端木玖訝異地看著他的背影。

「他要去哪裡？」現在車隊正在行進中耶！

「大概去車頂，不用擔心。」夏侯駒說道。

車隊速度雖然快，但這種速度還掀不倒他們，當他們覺得車廂裡悶的時候，去車頂是常有的事。

只要不被風吹得掉下來，站車頂一整路都沒問題。

「車頂？」端木玖無語。

端木傲的侍衛沒有跟出去，反而遲疑了一下，才開口——

「九小姐……四少一直在找妳；跟妳走散後，他擔心妳的安危，一個人留在天塹森林很久，即使家族的人都走了他也沒有離開，直到因為帝都大比即將到來，他不得不回去，才會離開天塹森林，卻沒想到能在這裡遇見九小姐。四少只是……關心九小姐，並沒有其他目的。」說完，護衛就告退，跟著上車頂去了。

在端木傲開口之後，郝無敵和葛飛的爭吵就停下來，靜靜在一旁聽著。

葛飛這時候才開口——

「雖然三大家族的人都眼睛長在頭頂上，但是四少為人不錯。」

郝無敵也說道——

「端木家的幾個嫡系少爺、小姐，除了四少，還有就是一直在外遊歷的六少，讓人覺得值得相交。」

「六哥……不在帝都？」端木玖問道。

夏侯駒驚訝了下。「妳記得阿風？」

叫阿傲「四少」，叫阿風「六哥」，這稱呼實在是……幸好阿傲在車頂，不然肯定要心酸了。

「你也認識六哥?!」

「我們認識好幾年，打過幾次比鬥，也一起作過傭兵任務、一起去歷練。」夏侯駒簡單地說道。

要論起來，他和阿風是好友，因為阿風，才會與阿傲相交。

「阿風和阿傲感情不錯。阿風也一直惦記妳，他曾經對我說過，妳是他唯一的妹妹，等他實力再高一點，他會去西岩城找妳，帶妳到處遊歷。」

也許，到處走一走，小玖就會好了呢！

這是阿風的希望，但沒想到，阿風還沒來得及去西岩城，他就已經在這裡遇到「恢復後」的小玖了。

「六哥……」想到總會買糖哄她吃的端木風，端木玖笑了。

「阿風應該也會回帝都，這一路到帝都，我也跟妳一起走。」夏侯駒說道。

「咦？」

「妳是阿風的妹妹，既然遇上妳，我代他照顧妳一下也是應該的。」夏侯駒對著她笑了下，就這麼決定。

「呃……謝謝……夏侯大哥。」端木玖不知道該說什麼，只能說最俗氣的兩個字。

「不用客氣。」夏侯駒拍拍她。「妳還小，是妹妹，可以再任性一點。」

「……」端木玖黑線。

她不小了，真的。

看著她囧囧的表情，葛飛與郝無敵忍住笑。

「夏侯皇子、九小姐，我們兩個，要對你們說句：謝謝。」葛飛說道。

「當時如果你們沒有出手，我和葛飛一定至少受重傷。」郝無敵也說道。

「兩位，請受我們一禮。」兩人起身，對他們彎身一拜。

「兩位不用客氣。」夏侯駒立刻扶起他們，沒讓他們真的行禮下去。

端木玖是從椅子上直跳到另一邊，避開他們行禮。

「只是順手，你們不用放在心上。」

「這是應該的。」葛飛拿出一只令牌，遞給端木玖，「九小姐，這是我大地傭兵團的客卿令，如果妳有任何需要，在所有大地傭兵團的分部都可以隨時提出要求，大地傭兵團一定盡力完成。」

郝無敵也拿出一塊令牌——

「這是無敵傭兵團的客卿令，用途一樣，請九小姐收下。」見她有拒絕的意思，郝無敵又加一句：「行走大陸，多一個朋友就是多一條路，九小姐不要拒絕我們的謝意。」

將來她若與端木家族不和，雖然他們兩個傭兵團無法幫她去對付端木家，但至少能提供她一個地方棲身。

端木玖想了想，收下了。

「謝謝。」

「應該的。」葛飛很鄭重。

她救的不只是他和郝無敵兩條命，也是讓他們兩家傭兵團免於被光明傭兵團暗算。

他都不敢想，如果他和郝無敵在這裡出事，那他們兩人的父親會有多傷心、他們帶出來的這些傭兵，能不能平安回去？

這些，豈是一個客卿令能換來的。

「夏侯皇子，我們沒有多一個客卿令能給你，但是如果你有需要，我們兩家同樣在所不辭。」郝無敵對夏侯駒說道。

夏侯駒明白他的意思，很贊同他們的決定。

「給小玖就好。」

端木家對她的態度不明，傭兵團的幫助，小玖比他需要多了。

說到這裡，車隊的速度已經開始慢下來，郝無敵和葛飛也指示傭兵團收拾好，準備下車。

端木傲和他的護衛也走進來。

郝無敵和葛飛拱手說道——

「我們要在天耀城交任務，就先走一步；四位，帝都再見。」

「帝都再見。」四人回道，傭兵團的人就先走了。

「小玖，在天耀城，妳有想去什麼地方嗎？」端木傲問道。

「有，去賣東西！」

「一起去。」端木傲點點頭，就轉身先走。

「哦。」端木玖點了下頭，就抱著小狐狸跟上去。

夏侯駒、護衛在後面跟著。

她就這麼被護在中間了。

感覺……不太習慣。

但，還不錯。

◈

端木傲雖然不是大陸十大天才，但是天賦卻也很出眾，在大陸上的年輕一輩中，也是叫得出名字的。

他和夏侯駒兩人，不是沒有妹妹，但陪妹妹逛街的經驗卻是屈指可數。

而且可數的那幾次，留給他們的印象都不怎麼美好。

例如：妹妹想買東西、有別人也要的時候，妹妹會吵會打——會求助。

然後他們就變打手了。

又例如：妹妹在外面跟人起衝突打不過時，妹妹會吵會打會求助。

他們變打手了還得視情況善後。

再例如：妹妹想買東西，挑這挑那挑不到中意的時候，會吵會打會撒潑。

他們得負責阻止，再視情況善後。

以此類推還有很多。

總之，都不是什麼好回憶。

但他們還從來沒遇過——

去到收購的商會，端木玖拿出一大袋獸晶、獸皮再加五星、七星、八星魔獸屍體各一副。

得款超過三萬金幣。

這是她在天塹森林三個多月中一個人打到的?!

夏侯駒和端木傲對看一眼。

他們兩人去打，大概也就這麼多吧！說不定還比較少。

然後到了街上——

「大嬸，這個餅皮好好吃，來四份，打包三十份。」

「大叔，這個糖果好好吃，這種來四支，每一種打包二十支。」

糖果，包著糖衣的水果。

「阿婆，這個湯好好喝，來四碗，打包十碗。」

「大姐，這個……」

「老闆，這個……」

「老闆娘，這些……」

一整條街，只要有賣吃的，她就沒有錯過哪一攤，連帶三個大男人也跟著吃了整條街。

等走到街尾了，他們才想起來自己做了什麼事。

他們竟然吃了整條街！

他們竟然都讓小玖（九小姐）付錢！

小玖會不會也打包太多吃的了——

但是看到小玖不時投餵那隻小狐狸的景象，他們好像知道了小玖為什麼要買這麼多吃的。

而且走完一條街，每個小販、老闆或管事都笑呵呵的，他們完全不用調停打架又善後。

這個妹妹，好省心。

「好了，我們要去搭車隊了嗎？」把存糧補足了，金幣也入袋了，端木玖很高興地問道。

「今天晚上在天耀城休息，明天一早再搭車隊。」端木傲看了看天色後，決定道。

「好，那找酒樓……」

「不用。」端木傲拉回她。「端木家在這裡有宅院，我們去那裡就可以了。」牽住，帶走。

「哦……」端木玖只好默默跟著了。

離開主街區，來到滿布大戶宅院的城區，端木傲直接來到偏南方位的一戶大宅門前，門前還有四個守衛。

守衛們一見到端木傲，立刻向前行禮：「見過四少爺。」

「嗯。」端木傲點頭，正要走進去，守衛連忙喊住。

「四少爺請等一下。」

「有事？」

「請問，在您身邊這位姑娘是……」守衛頂著端木傲的威嚴，硬著頭皮問道。

因為這位姑娘的長相，和他們收到的人像圖……很像。

端木傲站定。「她是九小姐。」

「九小姐⁈」守衛們相互看了一眼，表情怪怪的。

「怎麼了？發生什麼事？」端木傲沉聲問道。

再度頂著四少爺威嚴的目光，守衛們硬著頭皮說道——

「四少爺，義長老有令，說如果見到……九小姐，就、就……」

「就什麼？」

「就要抓住她，直接綁回帝都！」

端木傲沉下表情。「原因？」

「這個……長老沒有說。」守衛們回道。

「義長老什麼時候下令的？」

「一、一個月前。」四少爺臉好黑、很嚇人。

「小玖會和我一起回帝都，你們就這麼對義長老說吧。」端木傲帶端木玖要進門。

守衛沒有再攔，但端木玖一進門，就被宅裡近百名護衛隊整個包圍住。

「四少爺，請原諒我們不能聽從，立刻將九小姐送回帝都，是長老們一致的決議，我們必須執行。」

「如果我不准呢？」

「那，我們只能得罪了。」

「嘻。」端木玖輕聲一笑。

「小玖。」端木傲卻心一跳！

端木玖看著他。

「他們如果一定要動手，我就打出去。可能會傷人、可能會殺人，你的決定呢？」

端木傲看著她，眼神沉然又堅定。

「我說過，會帶妳回帝都。在那之前，誰都不能帶妳走。」

端木玖搖頭。「你不用……」

端木傲打斷她的話——

「妳是我的妹妹！」

是妹妹，沒有任人欺負的道理！

即使是長老，也不行！

（待續）

作者的話

玖玖來到第三集了！
當終於可以key下本集最後一個字的時候，某銀簡直要喜極而泣。
我終於交稿啦！
也終於可以好好睡覺了～～（倒床）
接著隔天，編編來訊：還有後記喔！
後記？什麼？
某銀腦袋完全空白成一片。
然後經過轉折，後記還是要寫。
於是銀姑娘就在書末又要冒頭了。（嘿嘿）

在銀姑娘現在的生活裡，是自從開始看小說後，就離不開小說的。
一來，是工作。（＝興趣樂趣心酸悲傷……）
二來，是休閒。（笑）

工作嘛，大家都懂的。（後面那串五味雜陳純屬銀姑娘個人感受）
休閒嘛，大家一定更懂的，對吧？
銀姑娘不時會被問：看的小說是什麼？或是，有沒有推薦的小說？
好看的小說很多呀，但要在一片書海中，找到自己喜歡讀的，好像很容易、但又好像不那麼容易。
其實銀姑娘看小說，是很「偏食」的。
尤其在網文愈來愈多之後，小說的類型和主角的類型也是愈分愈多、愈廣愈細呀。
有幾種類型的文，銀姑娘是列為地雷，不踩的。
第一顆，NP。
簡單來說，種馬文與女尊文接受無能啊！
銀姑娘唯一看完的NP文，是……咳，《尋╳記》。（這應該算是穿越文的典範吧）
當然友人力薦：可以忽略主角的感情生活，注意情節就好；一定要看呀！
於是銀姑娘就抱著這種想法啃完它了。
不得不說，友人的眼光很靠譜的。
雖然這文的類型算是銀姑娘的地雷，但劇情真的很不錯。（看文順便小補了一下戰國時代歷史）

第二顆，虐文。

尤其是虐主角啊。

這完全是在考驗身為讀者的銀姑娘的心臟與耐性。

看著會直想棄文與翻桌的。

第三顆，聖母（or 聖父）型主角。

這類文現在應該比較少。

雖然寬容與原諒是美德。

但是在一篇文裡常常看到這兩點，很考驗銀姑娘的脾氣呀。

當配角虐（陷害、找麻煩）主角千百遍，主角待配角如初戀後——銀姑娘已經覺得和這篇文可以「謝謝，不必再聯絡了」。

第四顆，總是奮不顧身踩陷阱的主角。

其實這類型還要特別加上後面的描述是：踩陷阱後只笨哭地等待救援、或是連累別人受苦受難。

通常看到情節走向是這種類型，銀姑娘就棄文了。

第五顆，悲劇。

這個類型就是：不看。（如果看了那一定是被拐了！）

其他，諸如文筆太青澀呀，敘述與自己閱讀的習慣不合、或是場景太跳躍的，雖然不至於算是明顯地雷，但基本上，碰上這些狀況，看不完文的機率也是非常非常高的。

銀姑娘在挑文看的時候，只要主角有伴侶，那一定要一對一，銀姑娘才會主動選來看。

文章的類型有很多種，甲之砒霜、乙之蜜糖，是常態。

銀姑娘的地雷，很有可能是別人的最愛呀！

銀姑娘的最愛，也很有可能是別人的地雷啊！

小說雖然常常脫離現實，但是寫的人生、寫的道理，其中簡單的與複雜的人性，卻和現實是相通的。

當看到一本覺得好看、精采的小說，就會覺得很幸福。

當看到主角經歷過人生的各種困難與快樂，都能迎刃而解，就會覺得很開心。

這是小說很迷人的特點吧！

銀姑娘很希望自己寫的小說，也可以讓讀者感到開心、感覺幸福。

也希望大家會喜歡這一集，繼續看玖玖的冒險喔！

期待下一集和大家再相見。

二〇一六年九月

銀千羽

國家圖書館出版品預行編目資料

末等魂師③：玖玖名花有主了？！／銀千羽 著.--初版.-- 臺北市：平裝本. 2016.11 面；公分(平裝本叢書；第440種)(銀千羽作品)

ISBN 978-986-92911-9-4（平裝）

857.7 105018777

平裝本叢書第440種
銀千羽作品

末等魂師

③ 玖玖名花有主了?!

作　　者—銀千羽
發 行 人—平雲
出版發行—平裝本出版有限公司
台北市敦化北路120巷50號
電話◎ 02-27168888
郵撥帳號◎ 18999606號
皇冠出版社（香港）有限公司
香港上環文咸東街50號寶恒商業中心
23樓2301-3室
電話◎ 2529-1778　傳真◎ 2527-0904
總 編 輯—龔槵甄
責任編輯—張懿祥
美術設計—王瓊瑤
著作完成日期— 2016年08月
初版一刷日期— 2016年11月
初版二刷日期— 2019年02月
法律顧問—王惠光律師

讀者服務傳真專線◎ 02-27150507
電腦編號◎ 560003
ISBN ◎ 978-986-92911-9-4
Printed in Taiwan
本書定價◎新台幣220元／港幣73元